琼 瑶

作 品 大 全 集

六个梦

琼瑶 著

作家出版社

琼瑶，本名陈喆，作家、编剧、作词人、影视制作人。原籍湖南衡阳，1938年生于四川成都，1949年随父母由大陆赴台生活。16岁时以笔名心如发表小说《云影》，25岁时出版首部长篇小说《窗外》。多年来笔耕不辍，代表作包括《烟雨蒙蒙》《几度夕阳红》《彩云飞》《海鸥飞处》《心有千千结》《一帘幽梦》《在水一方》《我是一片云》《庭院深深》等。

多部作品先后改编成为电影及电视剧，琼瑶也因此步入影视产业。《六个梦》系列、《梅花三弄》系列、《还珠格格》系列等，影响至深，成为几代读者与观众共同的记忆。

琼瑶以流畅优美的文笔，编织了众多曲折动人的故事。其作品以对于梦的憧憬和爱的执着，与大众流行文化紧密结合，风靡半个多世纪，成为华文世界中极重要的文学经典。

我为爱而生，我为爱而写

文字里度过多少春夏秋冬

文字里留下多少青春浪漫

人世间虽然没有天长地久

故事里火花燃烧爱也依旧

复谣

目录

六个梦

是个美好的晚上。

窗外，有月亮，有星星，有虫鸣，有云，有烟，有梦。

那个老人坐在窗前，膝上放着一本照相本，上面贴满了陈旧的照片。他静静地坐着，凝视着月亮笼罩着的朦朦胧胧的原野、远山和渺无边际的虚空。在隔壁房间里，有一个年轻的、女孩子的歌声，正清晰地唱着：

> 日日深杯引满，
> 朝朝小圃花开，
> 自歌自舞自开怀，
> 且喜无拘无碍！
> 青史几番春梦，
> 红尘多少奇才，
> 不需计较与安排，
> 领取而今现在！

老人倾听着，微微地颔了颔首。那个唱歌的女孩子跑了进来，是个十八九岁的少女，圆圆的脸，大大的眼睛。她走到了老人身边，笑着说：

"又在看那个照相本吗，爷爷？"

老人凝视着她，微微一笑。

"坐下，小纹。"他说。

小纹在地毯上坐了下来，把她的头倚在了老人的膝前。老人望了望天，沉吟地说：

"你的那首歌非常好，小纹。记住这首歌，把握你的现在，愉愉快快地享受你的生活。"

"你每晚在窗前想些什么呢？爷爷？"

"我在捕捉一些东西，捕捉一些逝去的梦。"

"你说的话我一个字都不懂，什么梦？"

"你想听吗，小纹？"

"想，讲给我听吧，爷爷，讲给我听你捕捉的那些梦。"

"好吧，我要讲六个梦给你听。现在，让我开始述说那第一个梦。"

月光朦朦胧胧，树影朦朦胧胧，老人的眼睛蒙蒙胧胧……故事开始了，如果你不累，请静静地听吧！

第一个梦

追寻

一

一九一二年，北平。

那一天，对婉君而言，真像是场大梦。一清早，家里挤满了姨姨姑姑，到处乱哄哄的。妈妈拿出一件绣满了花的红色缎子衣服，换掉了她平日穿惯的短袄长裙，七八个人围着她，给她搽胭脂抹粉，戴上珠串珠花，遮上红盖头，然后妈妈抱了她一下，含着泪说：

"小婉，离开了妈妈，别再闹孩子脾气了。到了那边，就要像个大人一样了，要听话，要乖，要学着侍候公公婆婆，知道吗？"

婉君紧闭着嘴，呆呆地坐着，像个小洋娃娃。然后，她被硬塞进那个挂着帘子、垂着珠珞的花轿，在鞭炮和鼓乐齐鸣中，花轿被抬了起来。直到此刻，她才突然被一种恐怖和惊惶所慑服，她紧紧地抓住轿杆，"哇"的一声哭了起来，拼命叫妈妈。于是妈妈的脸在轿门口出现了，用非常柔和的声音说：

"小婉，好好地去吧，到那儿，大家都会喜欢你的。别哭了，当心把胭脂都哭掉了。"

轿子抬走了，妈妈的脸不见了。她躲在轿子里，抽抽噎噎地一直到周家大门口。然后糊糊涂涂地，她被人搀了出来，在许许多多陌生人的注视下、评论下，走进了周家的大厅。

她一直记得那红色的地毯，就在那地毯上，她被人拉扯着，扶掖着，和一个十三四岁的漂亮的男孩子拜了天地，正式成为周家的儿媳。事后她才知道和她拜堂的那个神采飞扬的男孩子，并不是她的丈夫，而是她丈夫的大弟弟仲康。她的丈夫伯健那时正卧病在床，而由仲康代表他拜了天地。这种提前迎娶被称作冲喜。或者，她真的是一颗福星，无论如何，她进门后，伯健的病却果然好了。

那一天，婉君才刚八岁。

她在以后许许多多的岁月中，始终忘不了那个第一天。她还清楚地记得，当她参拜了祖先公婆，又被命令见这个见那个，在她眼前，全是些陌生人。那顶凤冠压得她头痛，她是那么惶惑紧张而害怕，渴望着能够回到母亲身边去。最后，她终于被搀进一间小巧精致的卧房，好几个中年妇人伴着她，她却在那房里哭得肝肠寸断，她想爸爸，想妈妈，想她忘记带来的布娃娃。那几个妇人拼命哄她，给她糖果、饼干，但她依然不停地哭着。于是，一个小男孩突然钻进了人群，一只手里握着一大串鞭炮，另一只手拿着燃炮的香，用一对骨碌碌转着的、又大又黑的眼睛好奇地望着她。

她忘了哭，呆呆地看着这个男孩子，他穿着件很漂亮的青缎长衫，却撩起了下摆，掖在裤子里。露出里面的黑缎裤子，上面全是灰尘。他眉毛上有一道黑烟，一直延长到鼻梁上，面颊上被泥土和汗水糊得一塌糊涂，加上那乌溜溜的大眼睛，是那么滑稽，那么好笑。那些中年妇人抓住了这个男孩子，一个说：

"好哦，三少爷，刚才你妈到处找你来见新嫂嫂，你跑到哪里去了！看！这个新娘子就是你的大嫂，快叫呀！"

那男孩子扭着身子，不肯叫，嘴里嘟嘟囔囔的，半天后，才突然问：

"做新娘子为什么要哭哩？"

"不知道呀，你劝劝好吗？"一个妇人开玩笑地说。

那男孩望着婉君挑眉毛，耸鼻子，做了半天思索考虑的样子，忽然对她说：

"你别哭，我拿我的叫蝈蝈给你玩！"

大家都笑了起来，那男孩被笑得不好意思了，从人缝里一溜就钻走了。

这就是婉君第一次见到叔豪——伯健的小弟弟，比婉君大一个月零三天，那时候也只有八岁。

从此，婉君开始了一段全新的生活，头几天，她必须试着去熟悉她的新环境和新家人，夜里就缩在被窝筒里哭。但是，立即，她发现，周家上上下下都那么和气可亲，她的婆婆待她和女儿一般，嘘寒问暖，无微不至。仲康和叔豪觑着空儿就来拉她玩。斗蟋蟀，捉蝈蝈，看金鱼，饲小鸟。婆婆显然有命令，要大家陪她玩，使她冲淡离开母亲的悲哀。果然，没多久，她就能适应她的新环境了。主要的，是仲康和叔豪两个小兄弟的功劳，他们带着她在花园中奔逐嬉戏，无论如何，她到底只是个孩子，而孩子与孩子之间，友谊是十分容易建立的。

到周家一个月之后，她才见到她的丈夫。那是一个晴朗的早晨，她的婆婆——也就是周太太——牵着她的小手，把她带进一间十分雅洁的房间里。房子中，四壁都是书架，有一张巨大的书桌，上面养着一盆早菊。房里充满了药香和一种淡淡的檀香气息，使人神清气爽。在一张紫檀木的大床上，斜靠着一个十八九岁的青年。周太太把婉君牵到床边，微笑着说：

"伯健，见见你的媳妇。"

婉君局促地站在床前，虽然年纪小，却已懂得羞怯，她模糊地明白，这个男人与她有着切身的关系，至于其他，她实在是似懂非懂。她垂首而立，不敢抬头。周太太轻轻地拍了她的肩膀一下，对伯健说：

"和你的媳妇交交朋友吧！我到厨房看看今天有新鲜东西吃没有？"然后，她弯下身子对婉君说："这是你的健哥哥，陪他谈谈天，等他病好了，他才会带你玩呢！"

周太太走了出去，留下婉君在伯健床边手足无措地站着。好半天，房间里静悄悄的，什么声音都没有。然后，伯健伸手轻轻地托起了婉君的下巴。婉君被迫抬起头来，看到了一张年轻而俊美的脸，虽然清癯消瘦，却有对炯炯有神的眼睛和挺直的鼻梁。薄薄的嘴唇，很温和，很秀气。他审视着她，眼光里有着激赏和震惊。然后，他非常非常柔和地问她：

"你的名字叫婉君？"

她点点头。

"你几岁？"

"八岁。"她低声说。

"八岁！"他自言自语地说，"才八岁！"他怜恤地望着她，默默地摇头，轻声说："假如不幸我死了，这就是个最年轻的寡妇了！"他再度摇摇头，是对这种婚俗摇头。然后，他温和地拉起她的一只手，笑笑说：

"念过书没有？"

"爸爸教过我《千字文》和《三字经》，另外还念了《列女传》。"婉君说。

"很好，以后可以和仲康、叔豪一块念书，程老师教得很好，让他教你念念《千家诗》和《唐诗三百首》。"

婉君没说话，伯健拍拍床沿，示意让她坐上去。她坐了上去，初见面的局促已经好多了，伯健仔细地望她，赞美地说：

"你很美，很可爱！婉君，别怕我，我会说许多故事给你听，你喜欢听故事吗？"

婉君点点头，就这么一刻，她已感到和伯健十分亲切了。从这一天起，婉君开始和仲康、叔豪一块念书。晚上，就到伯健房里消磨一两小时。伯健会考查她白天所念的，并细心地指导她。没多久，她就热爱起她的新生活来。

二

这天下午，婉君在她的房间里背《千家诗》，这是早上才教的一首七律：

> 一片花飞减却春，
> 风飘万点正愁人。
> 且看欲尽花经眼，
> 莫厌伤多酒入唇。
> 江上小堂巢翡翠，
> 苑边高冢卧麒麟。
> 细推物理须行乐，
> 何用浮名绊此身。

她知道必须背出来，并把意义弄清楚，要不然，晚上伯健会不高兴。伯健对她，督促得比那个家中的西席程老师还严。正背着诗，窗外一个小影子一闪，叔豪趴在窗子上，脑袋伸到窗槛上来叫她：

"喂！婉妹，出来！我捉了两个大蟋蟀，斗得才好玩呢！快来看！"在周家，周太太觉得婉君尚小，距离和伯健圆房的日子还早得很，让两个弟弟叫她大嫂怪别扭的，所以仲康和叔豪都叫她婉妹，下人们则含含混混地叫她小姐，或是婉小姐。好在这家庭中只有三个男孩子，没有女孩，叫小姐，也不会和别的人弄混。

婉君开了门走出去，叔豪跑过来，一把拉住她的手就向前跑，穿过了月洞门，到了花园里，在金鱼池旁边的山子石下，仲康正蹲在那儿，用一株小草逗弄笼里的蟋蟀。叔豪叫着说：

"别把我的蟋蟀放跑了！"

"它们打累了，居然讲和了。"仲康笑嘻嘻地说，他有两道浓眉，这一点，和他的哥哥弟弟都不同。眼睛则是周家的祖传，大，黑而漂亮。宽宽的额，略嫌宽阔的嘴，整天嘻嘻哈哈的，有一股满不在乎的劲儿。婉君喜欢听他摇着脑袋念书，哼哼唧唧的，酸酸溜溜的，又带着满脸调皮的笑，使人看了就要发笑。程老师曾说：三兄弟里就以仲康的资质最高，叔豪是块璞玉，尚未雕琢，伯健则充满才气，超凡脱俗，与两个弟弟又不同了。

"没听说蟋蟀会讲和的。"叔豪嘟着嘴说，一面走过去看。

婉君蹲下身子来，山子石边有一潭积水，仲康帮她挽了挽裙子，以免沾湿。她好奇地看着笼子里那个褐色的小东西。现在，它们正各守在一个角落里，彼此遥遥相对，互相打量着，一面高举着它们的触须。叔豪摘了一枝狗尾草，拼命去拨弄它们，嘴里乱七八糟地叫着：

"打呀！没有用的东西，是好汉就不怕死！去呀！打呀！将军们！快点！"

但，那两个将军却仍然驻守着它们的据点，丝毫没有进攻的意思。婉君也弄了一枝草来拨，和叔豪的小脑袋靠在一起。叔豪看看没有办法，就提起笼子来，对里面大吹起气，然后一怒之下，干脆把笼子摔了，气呼呼地说：

"两个没用的东西！"

婉君靠在山子石上笑，仲康看到一只墨蝶一直在婉君的头顶上盘旋，就轻轻地说：

"婉妹，别动！"

婉君站住不敢动，那只墨蝶飞了一阵，果真停在婉君的肩膀上了。仲康蹑手蹑脚地来捉，没提防叔豪冲了过来，嚷着说：

"又逮着了一个！"

原来叔豪一直在山子石底下挖蟋蟀，这会儿又捉到一个，顿时兴高采烈地冲过来，拿给婉君看。这一跑一叫，那只蝴蝶立即惊飞了，婉君气得一跺脚说：

"都是你！跑什么嘛！好好的一只蝴蝶都给你吓跑了！谁要看你的蟋蟀嘛，又不好看又不好玩！"

叔豪愣住了，瞪着两个大圆眼睛，傻呵呵地望着婉君，半天之后才无精打采地说：

"原来你不喜欢看蟋蟀呀？我还以为你喜欢呢！要不然我才不去捉呢！我早就玩腻蟋蟀了！"说着，他把手里那只蟋蟀扔得远远的。仲康耸耸肩，笑着对婉君说：

"我知道你喜欢什么。"

"喜欢什么？"叔豪又兴冲冲起来，伸着小脑袋问，"告诉我，我帮你去捉！"

"你喜欢——"仲康咧着张大嘴，笑嘻嘻地说，"大哥讲的故事，是不是？"

"讲故事，"叔豪神气活现地说，"我也会讲！"

"你会讲？"仲康发生兴趣地说，"讲一个来听听看！"

"嗯，"叔豪伸伸脖子，皱皱眉头，又用舌头舔舔嘴唇，想了半天说，"从前有一只乌鸦，它呀，捡到一个红果果，它就把它吃掉了，嗯……红果果是脏的，它就肚子痛了，它妈妈就骂它了，它就哭了。就——完了。"

仲康大笑了起来，竖着大拇指说：

"讲得好！"

婉君把头仰了仰：

"不好听！"

"下次我讲好听的给你听！"叔豪说，接着又愣了愣，突然说，"婉妹，你是大哥的媳妇，是不是？"

婉君红了脸。叔豪用手扯扯她的衣服，嘟着嘴说：

"余妈说，你将来就是大哥一个人的，我们就不能跟你一起玩了，因为你是大哥的媳妇。婉妹，赶明儿我大了，你也做我的媳妇好吗？"

"傻话！"十三岁的仲康又大笑了起来。

婉君对叔豪眨了一下眼睛，对于"媳妇"两个字也懂得害羞，她笑着用手指羞叔豪，唱起一支北方的童谣来，一面唱，一面跑开：

小小子，

坐门墩，

哭哭啼啼要媳妇，

要媳妇干吗？

点灯；说话！

吹灯；做伴！

明天早上起来给我梳小辫！

唱着，她已经跑了老远了，仲康在后面喊：

"婉妹！小心石头！"

可是，来不及了，脚下石头一绊，她就栽倒了下去。仲康赶过来，一把扶起了她，她憋着气，直皱眉头，用手压在膝盖上。仲康撩起她的裙子，里面，一条葱绿色的绸裤子磕破了一大块，膝盖上正沁出血来。仲康让她坐在石头上，安慰地说：

"别怕！"

就俯下头去，用土法把她伤口里的淤血吸出来，然后仰着脸看她，问：

"痛吗？"

婉君勉强地笑笑，很英雄气概地摇摇头。事实上，她已经痛得眼泪在眼眶子里打转了。仲康点点头，很豪放地一笑说：

"你真了不起！"

一年过去了。伯健的病已经完全好了。整天握着一卷书，在花园里散步。这天，伯健刚走到鱼池边，就听到仲康的声音在说：

"该你走了！哎！别走那个，我要吃你的车了。"

伯健悄悄地绕过去，看到仲康和婉君正坐在草地上下象棋。婉君梳着两个髻，苹果小脸红扑扑的，一对乌黑的眸子正聚精会神地盯着棋盘，伯健轻轻地走过去，悄悄地看他们下。显然婉君的局势很不利，已经损失了一个车一个炮，而仲康的子都是全的，只少了两个兵。又下了一会儿，仲康一个劲儿猛追婉君的车，没提防婉君一个马后炮将军，仲康"啊哟"一声叫了起来说：

"真糟糕，只顾得吃你的车，忘了自己的老家了，不行，让我悔一步吧！"

"不可以！不可以！"婉君按着棋子说，"讲好举手无悔的！好哦，你可输了！"

"这盘明明是赢的，"仲康说，"就是太贪心了，不行，这盘不算，我们再来过！"

"你输了怎么可以不算？"婉君得意地昂着头，一脸骄傲之色，"这下你别再说嘴了！我可赢了你了！"

"好吧，好吧！算你赢了一盘！"仲康无可奈何似的说。但他脸上掠过一个慧黠的笑，温柔地望着婉君愉快而兴奋的小脸。伯健立即明白，这盘棋是仲康故意输给婉君的。他沉思地审视着仲康，在这个十四岁的男孩身上看到一种早熟的柔情。于是，他咳了一声，两个孩子同时一惊，同时抬起头来：

"是你，大哥！"仲康说。

"健哥哥！"婉君站起身来，用软软的童音，甜甜地叫了一声，仰着头对他微笑，"我赢了康哥哥一盘。"

"我看到了。"伯健笑着说，"还下不下？"

"不下了，"婉君拉住了他的手，"健哥哥，你讲故事给我听吧！"

仲康收拾好棋子，对他们挥挥手，笑着说：

"我要去赶一篇作文，等会儿程老师又要骂我偷懒了！"

伯健牵着婉君的小手，在花园中踱着步子，一面问：

"诗背出来没有？"

"背出来了。"婉君说。

"背给我听听。"

"妾发初覆额，折花门前剧。"婉君背了起来，是李白的《长干行》，"郎骑竹马来，绕床弄青梅。同居长干里，两小无嫌猜。十四为君妇，羞颜未尝开……"婉君突然住了嘴，凝视着花园另一头。

"怎么，背不出来了？"伯健温柔地问。

"不是。"婉君说，仍然凝视着花园的那一头。伯健跟着她的视线看过去，于是，他看到叔豪正跨着一根竹子，手里举着一个大风筝，拖拖拉拉，呼呼哧哧地跑了过来。一面跑，一面高声叫着：

"婉妹！婉妹！你要骑竹马还是放风筝？"

一时间，伯健也呆呆地愣住了。

三

婉君细细地凝视着镜子里的自己，从小，她就知道自己长得很美，但是如今镜子里的自己，使她有一种陌生感，那弯弯的眉毛，乌黑的眼睛，丰满的嘴唇和迅速成熟的身段都向她说明一件事：她长大了。是的，她已度过了十六岁的生日，从她的丫头嫣红嘴中，获知周太太已准备为她和伯健圆房。她很喜欢伯健，可是，"圆房"两个字使她不安，她觉得若有所失。迷茫、忧郁，而烦躁。她不想圆房，她也不想长大，她分析不出自己的情绪，只感到满心困扰。

画了眉，换好衣服，修饰整齐。她照例先到周太太房里去请安问好。周太太拉住她的手对她含蓄地笑着，上上下下打量她，看得她心里直发毛。然后，周太太揽住她，温和地说：

"婉君，你真是越长越漂亮了。"

婉君红了脸，俯首不语。

"婉君，你已十六岁了，伯健的年龄也早该生儿育女了，所以，我想，再过一两个月，要请几桌酒，让你和伯健圆房。"

婉君的头垂得更低，周太太抚摸着她的肩膀，叹息着说：

"我知道你很喜欢伯健，圆房是人生必经的事，也没什么可害羞的。至于伯健，他喜欢你的程度恐怕连你自己都不知道，告诉你一件事，本来，我们想在你长大以前，先给伯健娶几房姨太太，好早日抱孙子，但是，伯健坚持不肯，要等着你长大。现在，你总算长大了，早些圆房，也了了我一件心事。而且，等你和伯健圆了房，我才能给仲康把张家的小姐娶过来……"

婉君羞怯地垂着头，听着周太太说，周太太足足讲了半个多钟头，她才退出来，刚走到花园边的走廊上，就看到伯健斜倚着栏杆站着，她望了他一眼，自从圆房之议一起，她总是回避着他。这时，她正要绕路而行，伯健迎了上来，拉住了她：

"又想躲开？"他问。

她默然地站着，他用手捧住了她的脸，她避开，紧张地说：

"当心别人碰见！"

"有什么关系呢？"伯健说，"你是我的妻子，不是吗？"他温存地望着她，用手背摩挲她的面颊，然后，看看四面没人，他闪电一般在她面颊上吻了一下。她惊慌失措，转过身子，又想跑开，他握住了她的手腕：

"妈跟你说了些什么？"

"不知道。"她说，努力想走开。

"为什么要躲我？"

"没有嘛。"

"没有就站着别动，我们好好地说说话。"

婉君勉勉强强地站着，一面心慌意乱地东张西望，怕给别人看到。

"婉君，"伯健柔声叫，轻轻地抚摸她的肩，"你有一点怕我，是不是？”

"让我走吧，"她说，乞求地望着他，"别人看到要说话的。"

他握住她的手，依依不舍地望着她的脸，然后微微一笑，轻轻地说："婉君，我喜欢你，从你第一次站在我床前起，我就喜欢你。你有一种特殊的力量，你的眼睛使人心灵震撼。婉君，你用不着怕我，应该是我怕你，我觉得我的幸福和一切都掌握在你的小手里。"他把她的手紧握了一下，放开了她："去吧！不久之后，你就要完完全全属于我了，那时候你也要逃开吗？"

婉君羞红了脸，匆匆忙忙地跑走了。跑到走廊转角处，她却一眼看到走廊外的花园里，仲康正站在一棵大树底下。那么，她和伯健的这一幕，已经全被仲康看到了。她更加不好意思，加快了步子向自己房里走去，可是仲康赶了过来，一把就拉住了她：

"跟我到花园里来！"仲康用一种命令的口吻说，"我有话要问你！"

婉君身不由己地跟着他走到山子石后面的鱼池边。站定了之后，仲康却一语不发。过了半天，才对她咧着嘴一笑，抱拳对她作了个揖，说：

"恭喜了，婉妹妹，祝你和大哥白头偕老。"

不知为什么，婉君觉得他的话里有一种酸涩和讽刺的味道，听了令人浑身不舒服。她把头转开，含含糊糊地说：

"要恭喜你呢，康哥，妈刚才告诉我，要给你举行婚礼了，在择日子呢！不久，你的张小姐就要进门了。"

仲康捏住她的手臂，把她的身子狠狠地转过来，盯着她的眼睛问：

"真的吗？"

"当然是真的嘛！"

"可是，"仲康紧紧地注视着她，慢吞吞地说，"八年前，我已经行过婚礼了。"

"你说什么？"婉君大吃了一惊。

"八年前，"仲康冷冷地说，"在我家的大厅里，我曾经和一个小女孩拜了天地！"

"你……"婉君心慌意乱地说，"你别胡说八道吧！"

"我胡说八道？"仲康捏紧了她的手臂，使她发痛，"婉君，这么多年以来，你是真不明白呢，还是装不明白呢？你和大哥的婚礼能算数吗？"

"我真不明白什么？又装不明白什么？"

"你是明白的，"仲康一个字一个字地说，"你看得清清楚楚，婉君，你不笨，你明白我喜欢你，你知道我要你！大哥也知道！圆房，你和大哥圆房？不，婉君，你不能！八年前跟你行婚礼的是我，不是大哥。我要去对爸爸和妈说，我要你。你也要我，不是吗？"他看着她，有种跋扈的、威胁的神情。

"你怎么了？"婉君忙乱地说，"你知不知道你在讲什么？放我去吧！你！"

"我知道我在说什么，"仲康说，把她的手臂握得更紧，他漂亮的黑眼睛急切地望着她，低低地说，"婉君，我要你，我要你！最近两年来我想要你想得发疯。婉君，你不属于大哥，你应该属于我！只要你同意，我就去向爸爸妈妈说，我可以得到你。婉君，你是喜欢我的，是不是？我记得前年我生病，你在我床边悄悄地哭，你不知道你流泪的样子怎样感动我。那时，我就对我自己发誓，不计一切困难，我要娶你做妻子！"

"你——别说了，"婉君把头靠在身后的假山石上，紧张而局促地说，"无论如何，我的身份是你大哥的妻子……"

"那么，你爱他，你要嫁给他？"仲康紧迫着她问。

"我不知道，"婉君茫然无助地说，"我不是已经嫁给他了吗？在八年以前？"

"假若那个婚礼要算数，你应该是嫁给了我！"仲康生气地说，又迫切地望着她说，"婉君，现在时代不同了，现在讲究自由恋爱。父母做主的婚姻早已落伍了。如果你爱我，我们可以逃出去，逃出这个封建的家庭！"

"有人来了，你让我走吧！"婉君挣扎着说。

仲康盯着她看，然后，猛然间，他狂野地把她拉进了怀里，吻了她。他的嘴唇压在她的唇上，火热的、猛烈的。然后，他喘息地在她耳边说：

"我要你，婉君！"

婉君被他这个动作吓住了，她呆呆地看了他一会儿，就转过身子，狂奔而去。一直冲进了自己的屋里，关上房门，她把背靠在门上，剧烈地喘息着。她嘴唇上似乎仍有仲康嘴唇的余温，那一吻的晕眩依旧存在。她闭上眼睛，把手放在狂跳的心脏上。于是，她听到一个声音在问：

"你怎么了？婉妹？"

她又大大地吃了一惊，睁开眼睛，她看到叔豪正坐在她临窗的书桌前面，用一对疑惑的眼神望着她。

"哦，是你！"她松了一口气，摇摇头说，"我没有什么，突然有点头晕。"

她走到书桌前面，疲乏地在一张椅子里坐下来。于是，她这才发现，在她的书桌上面，放着大大小小的七八个笼子，每个笼子中分别地装着蝈蝈和蟋蟀，还有蝉。她诧异地望望这些东西，又看看叔豪，不知道这孩子在闹些什么鬼，近许多年来，他们就早已不玩这些小虫子了。叔豪傻呵呵地坐着，手腕放在桌子上，下巴放在手腕上，眼光是悲悲哀哀的。

"你在做什么？"婉君问，叔豪虽然比她大一些，她却总觉得自己像叔豪的姐姐，叔豪是她的一个弟弟，一个傻弟弟。

"我听说，"叔豪说，"你要和大哥圆房了。"

她不了解这与这些虫子有什么关系，更诧异叔豪这孩子居然也懂得"圆房"。

"你不要以为我不懂，"叔豪看了她一眼，"我什么都懂，你和大哥圆房之后，就不能再像以前那样跟我一起玩了。你将成为大哥一个人的……"他眨了眨眼睛，大眼睛里竟浮起一层泪光："我想起你刚来的时候，整天想你妈妈，老是一个人躲着哭，我就去捉许多小虫子来给你玩，其实，我根本就不想玩那些东西，因为你喜欢，我就拼命捉。有一次，为了给你看一只蟋蟀，吓走了你要捉的一只蝴蝶，你生了我的气，我伤心了好久，到现在还记得呢。现在，你马上要和大哥在一起了，我们一块玩的日子就算结束了，我没有东西可以贺你和大哥，只能再捉一些虫子给你，请你别忘了我们捉虫子的时光……别忘了你笑我是'小小子，坐门墩，哭哭啼啼要媳妇……'的时光。当然，我永远不能梦想你会成为我的媳妇，成为我一个人的……"他忽然从椅子上跳了起来，用长衫的袖子擦去眼泪，一面向门口走去。

婉君呆住了，看到他向门口走，她不由自主地跟了过去。然后，她拉住他的袖子，望着他红红的眼睛，仿佛他依然是她来的第一天所见的那个傻小子，那个要用叫蝈蝈来安慰她的傻孩子。她张着嘴，半天都说不出话来，终于，吞吞吐吐地说了一句：

"豪哥，无论我怎么样，我还是婉君，我不会生疏你、冷淡你的！"

"那时候，一切都会不同了，是不？"叔豪说，昂了一下头，"婉妹，我只觉得不公平，我们是一块长大的，从小，我们一起读书，一起玩，一起追逐游戏。在书房里，我总背不出四书来，每次都是你帮我提词……"他狠狠地跺了一下脚，又用袖子去擦眼泪，然后打开门，踉跄着跑出去了。婉君望着他的背影消失在回廊里，不禁怔在那里，许久之后，才关上房门。转过头来，一眼又看到桌上那些各式各样的小虫子。她走到桌边，倒进椅子里，用手蒙住了脸，喃喃地喊：

"天哪，我的天哪！"

四

婉君和伯健圆房的日子择定在八月十五，中秋之夜。距离圆房还有一个月的时间。

家里在外表上十分平静，周太太请了裁缝到家里来给婉君制了许多新衣。同时，油漆粉刷的工人开始穿梭不停地忙着修饰新房。周太太又翻出许多旧的画，什么石榴多子图、牡丹富贵图、燕尔新婚图……重新裱褙，用来布置新房。婉君成天躲在房里，不敢出去。却时时感到心惊肉跳，怔忡不已，生怕有什么事故要发生。

叔豪像发了神经病一般，开始每天送一两个小笼子来，婉君的桌上已经堆满了小笼子。这些小笼子使她心神不安，每个笼子上好像都飘浮着叔豪那傻里傻气瞪着她的大眼睛。每个笼子都会提醒她一件往事。一天，他送进的笼子里装着一只大墨蝶，他提着笼子站在门口，满头的汗，满身灰尘，袖管撕破了一大块。婉君皱皱眉，问：

"怎么弄的？"

"捉这只蝴蝶，"叔豪说，高高地提着笼子，"像不像以前吓走的那一只？给你捉回来，你不生我的气了吧！"

婉君看看他那满头大汗的狼狈样子，感到心里一阵抽痛，她说：

"进来吧，擦一把脸，让我给你把袖子补一补！"

叔豪却惨然一笑，说：

"不敢劳动你了！"说着，他放下了笼子，用袖管擦擦额上的汗，自顾自地去了。婉君提起那个笼子来，望着那墨蝶在笼子里扑着翅膀，这才发现笼子上贴着一张纸条，纸条上写着李商隐的句子：

庄生晓梦迷蝴蝶，
望帝春心托杜鹃。

婉君把笼子放在桌上，自己坐在桌边，深深地沉思起来。

过了一天，叔豪又送进一个笼子，里面居然囚着一条已将吐丝的大蚕，笼子上也有一张纸条，龙飞凤舞地写着一首古诗：

春蚕不应老，
昼夜长怀丝。
何惜微躯尽，
缠绵自有时。

婉君把头埋在手腕里，痛苦地闭上眼睛。当第三天，叔豪又来打门的时候，婉君哀求地看着他说：

"求求你，别再送任何东西来了！"

叔豪望了她一会儿，掉转头就走了。婉君看着他负气走开，心中又是一阵抽痛，她把背靠在门框上，闭上眼睛，喃喃地说：

"别怨我！别恨我！别怪我！"

"谁怨你？谁恨你？谁怪你？"

一个声音问，她吃惊地张开眼睛，在她面前，伯健正微笑地望着她。她脸一红，转过身子想进房里去，伯健拦住了她，把她的脸托起来，仔细地凝视她，他的笑容收敛了，他的眼光柔和而又关注地在她脸上逡巡，然后，他用手指抹去了她面颊上的一滴泪珠，轻轻问：

"为什么？"

她转开头。

"没有什么。"

"不要进去，先告诉我。"伯健说，"有谁对你说过了什么吗？谁恨你？谁怨你？谁怪你？恨你什么？怨你什么？又怪你什么？告诉我。"

"没有，什么都没有。"她摇摇头说。

"是吗？"他深深地凝视她，"不愿意告诉我？不信任我？还是不了解我对你的关怀？婉君，抬起头来，看着我！"

她抬起头，看着他，他面容严肃，眼光柔和而恳切，里面包含了太多的关怀和深情。他智慧的额角给人宁静的感觉，顾长的身子使人有一种安全感。她突然渴望倚靠在他怀里，让他帮她抵制一切困扰。但是，这些事又怎能和他讲呢？伯健的眼睛里浮起一片疑云，他担忧地说：

"婉君，是不是——"他咬咬嘴唇："你不想嫁我？你不喜欢我？"

她猛烈地摇头，喘着气说：

“不是的，你别乱讲，没有的事……”

“那我就放心了，”伯健如释重负地说，对她安慰地笑笑，“你知道，婉君，我那么喜欢你，我费了一段长时间来等你长大。你放心，婉君，你会发现我不是个专横的丈夫，我会待你十分好，你放心……”

婉君点点头，于是伯健情不自禁地伸出手来，捧起她的脸，用手指抚摸她光滑的面颊。可是，突然间，一声冷笑传了过来，仲康不知道从哪个角落里跑了出来，用折扇在伯健手腕上敲了一下，说：

“还没有圆房呢！在门口表演这一幕未免太过火了吧！”

伯健回过身子来，有点不好意思地笑笑，说：

“是你，仲康！”

婉君一看到仲康就害怕，转过头，就要钻进房里去，但仲康抢先一步堵住了婉君的门，昂然地站着，冷笑地望着婉君说：

“还没变成嫂嫂呢，就先不理人了！”

婉君局促地看了仲康一眼，仲康的眼睛正狠狠地盯着她，嘴边依然带着笑，却笑得十分凄楚。她立即发现他憔悴了，他的眼睛下有着黑圈，面容非常灰白。她软弱地站着，觉得仲康的眼睛那么使人震撼，好像一直看进她的内心深处。伯健的声音响了，他在试着给她解围：

“仲康，别开玩笑，让她进去吧！”

仲康直视着伯健，憋着气说：

“大哥，你放心，我伤害不了她的！”

感到仲康的语气不大对，伯健诧异地看着他，说：

"怎么回事？你好像不大高兴。"

"我应该高兴吗？"仲康爆发地说，"八年前我行的婚礼，八年后你来圆房！婉君到底该算你的妻子还是我的妻子？大哥，别以为婉君一定该属于你！"

"你是什么意思？"伯健吃惊而又愤怒地问。

"你以为只有你喜欢婉君？"仲康咄咄逼人地说，"不，大哥，你错了！我爱婉君，婉君也爱我，八年前我和婉君行过婚礼，现在应该我和婉君圆房！"

"你爱她？她也爱你？"伯健颤声问，然后，他回过头来，望着婉君说，"是真的吗？"

婉君浑身战栗，仲康一把握住了她的手臂，他的黑眼睛迫切地盯着她，他的眼光是热烈的、深情的、狂野的，他的声音沙哑而急切：

"告诉他！婉君，告诉他你爱我！"

婉君在他的眼光下瑟缩，她把头转向一边。仲康剧烈地摇撼着她的身子，他憔悴的眼睛里燃着火，用近乎恳求的声音说：

"你说呀！你说呀！你告诉他呀！"

伯健拉住了仲康，大声说：

"你不要胁迫她！放开她！"

仲康放了手，但他仍然死死地盯着她，一个字一个字地说：

"婉君！你爱我，不是吗？"

"婉君,"伯健也开口了,"你是怎么回事?你到底爱谁?"

婉君发出一声喊,哭着说:

"我不知道,我什么都不知道,你们别逼我!"说完,就冲进了自己的屋里,倒在床上哭。哭了半天,忽然被一个奇怪的声音所吸引了,她顺着那声音看过去,原来是叔豪的一个小笼子里的一只纺织娘,正拉长了声音在唱着。她从床上坐起来,怔怔地看着这小东西,眼前又浮起叔豪用袖管抹眼泪的样子来。她咬住嘴唇,感到头晕目眩。一只蝉也加入了合唱,高声叫着:

"痴呀!痴呀!痴呀!"

这天晚上,她的丫头嫣红来告诉她,周太太叫她去。她敏感到是兄弟们争她的事闹开了。她忐忑不安地走进周太太的房间,一眼看到她的公公周老爷也在座,三兄弟环侍在侧,每个人都沉着脸。周太太看到她进来,立刻皱着眉问她:

"婉君,你说说看,这到底是怎么回事?"

婉君茫然地望着周太太,周家老爷开口了:

"婉君,你原来说好是我们的大媳妇,怎么你又和我们老二扯不清呢?你要知道,我们是书香门第,可出不起丑,你是怎么回事呢?"

"我……"婉君张皇失措地说,"我没有……"她低下头去,觉得什么话都无法说,只得闭口不语。

"婉君,"周太太说,"你是我一手带大的、疼大的,我爱你就像爱自己的女儿一样。现在,我们家老大老二都发誓非你不娶……"

"还有我！"一个声音突然加入，大家都吃了一惊，看过去，叔豪挺胸而立，张着大眼睛，注视着婉君。周太太以为自己听错了，她望着叔豪说：

"叔豪，你说什么？"

"妈，"叔豪昂昂头，傻呵呵地说，"您不知道，婉君喜欢的是我，我们从小一块长大，青梅竹马，两小无猜……一起念书，吃饭，斗蟋蟀，踢毽子……我心里早就只有一个婉妹妹了！妈，你问婉妹就知道，她是不是最喜欢我？而且，婉妹和我同年，我们是比大哥二哥更合适的……"

"岂有此理！"周老爷勃然变色地说，"天下的女人又不是只有一个婉君，你们这三个孩子是发了疯了！"他气呼呼地看着垂首而立的婉君，又叹口气说："红颜祸水！这女孩一进门我就觉得她美得过分，过分则不祥，果然如此！现在，你们准备怎么办呢？"

"爸爸，"伯健说，"一切总得遵礼办理，当初聘定给谁的，现在就应该给谁……"

"如果遵礼办理，"仲康说，"当初行婚礼的是我！"

"婉君，"周太太以开明的作风说，"这也是我不好，应该早早地就把你和三个孩子隔开，现在，你们闹得这样天翻地覆实在太不像话。事到如今，你自己说说这三个孩子中，你到底对哪一个有情？如今时代不同，一切讲自由，婚姻也讲究自由，那么你就自由选择吧！你说，你属意于谁？"

婉君的头垂得更低，仍然一语不发。

"你说话呀！"周太太逼着问。

"婉君，"伯健开口了，"你不要害羞，你就说吧！"婉君依然无语。

"婉妹，"叔豪跺了一下脚，"你告诉他们嘛，我们最要好，是不是？"

"别吵，"仲康说，"让她自己说吧！"

婉君紧闭着嘴，咬着嘴唇，依然一语不发。

"简直荒谬！"周老爷拍着桌子说，"太不像话了！从没有听说过这种事情！婉君自己的行为一定不检点，要不然怎么会弄到三面留情的地步！"

婉君迅速地抬头看了周老爷一眼，泪水冲进了她的眼眶里，她哽塞地说：

"我没有……"

"好了，"周太太说，"事已至此，发脾气也没用，她喜欢谁就让她嫁谁吧！婉君，你快说话呀！"

"别逼我，"婉君哭着说，"我不知道，我根本不知道！"

"什么话！"周老爷又发脾气了，"你自己弄得三个孩子颠颠倒倒，问你喜欢谁，你又不知道，难道你想嫁给他们三个人吗？"

"我……"婉君哭得更厉害，"真的不知道！"

"爸爸，"伯健说，"别逼她，让她去考虑一下好了。"

"我给你三天时间，"周老爷对婉君说，"你决定一下到底要嫁谁，如果你决定不下来，干脆你回娘家另嫁吧，我们周家大概没福分要你！"

听出公公的话，大有认为她勾引了三兄弟的意思，她难堪得想死。蒙住脸，她走出了周太太的屋子，伯健跟了出来，拉住她，她甩开他，一口气冲进自己屋里，闩上房门，把头靠在门上，哭着说：

"天哪！为什么他们要喜欢我呢？"

这天晚上，有人敲婉君的门，门开了，仲康站在外面。婉君想把门关起来，但仲康一脚就跨进了屋里，关上了门，他紧紧地盯着她看，她不由自主地向后退，仲康柔声说：

"婉君，你到底爱谁？"

"我不知道。"婉君无助地说。

"我会让你知道！"仲康说，一把拉住了她，把她拥进了怀里，她拼命挣扎，他也拼命圈住她，他的嘴唇在她面颊上摩擦，她挣扎着说：

"不要！康哥，请你不要！"

"我要定了你！"仲康在她耳边说，"如果我得不到你，我会——"他没有说完，而打了一个寒战，这个寒战使婉君心惊肉跳，她明白，三兄弟中以仲康的个性最猛烈。她想推开他，但，他把她抱得紧紧的，她简直无法挣扎。

"康哥，放开我，求求你！"她说。

"那么，答应我，你嫁给我！"仲康说。

房门被猛烈推开了，伯健铁青着脸走了进来，他一把握住仲康的衣领，厉声说："放开她！你这个卑鄙的禽兽！"

仲康松了手，转过头来，狠狠地看着他的哥哥，咬牙切齿地说：

"我是禽兽，你是什么？你到这儿来的目的又是什么？"

"她是我的妻子，"伯健说，"我告诉你，你少惹她！"

"她永不会是你的妻子！"仲康说，"你别做梦了！"

兄弟两人怒目而视，婉君在一旁战栗，终于，他们一同退了出去。伯健临行，对她深深地看了一眼，这一眼使她心灵震动，她想起伯健讲过的一句话："我的幸福和一切都掌握在你的小手里。"她恐怖地关上房门，浑身发抖，她明白，她掌握着的，还不只伯健的幸福，而是整个周家的命运。

没多久，又有人打门，鉴于刚才的事，她不敢开门，只在门里问：

"是谁？"

"是我。"

这是叔豪的声音，婉君更不敢开门了，她柔声说：

"太晚了，你去睡吧，有话明天再说。"

门外没有回声，她以为叔豪走了，过了好半天，却听到门外有人在抽抽噎噎地哭。她吓了一跳，打开门来，叔豪傻不棱登地站在门口，正在那儿哭，不住用袖子擦眼泪。

婉君呆了一呆说：

"怎么了？你？"

"我知道，"叔豪傻傻地说，"你不会选择我的！你不喜欢我！你喜欢他们！"说着，他像一阵风般卷进了屋子，把桌上那些小笼子全数扫进他长衫的下摆里，用衣服兜着，转身就赌气走了。

婉君重新关上了门，在床沿上坐着，呆呆地看着窗子。她觉得头昏脑涨，三兄弟的影子在她的眼前轮流晃动，一会儿是柔情似水的伯健，一会儿是热情奔放的仲康，一会儿是憨气十足的叔豪。她感到头痛欲裂，用手捧住头，她挣扎地叫着：

"老天，老天，老天，救我！救我！救我！"

深夜，她依然满屋子打转，不能成眠，她爱他们每一个！而她只要选择了一个必定会打击了另外两个！她在房里不停地走着，三兄弟的脸都逼迫着她，她仿佛听到他们全在她耳边狂吼：

"嫁给我！嫁给我！嫁给我！"

她的头痛得更厉害了，她觉得自己再不停止思想，一定要病倒了。但，她却不能止住思想，周老爷的脸和冷酷的声音也在她面前晃动，她扶住一张椅子，坐了下去，正好在梳妆台前面。镜子里反映出她苍白而美丽的脸，就是这张脸不好！她想起周老爷说她"美得不祥"的话，她仓促地跳了起来。

不行！我一定要躲开我自己！她错乱地想，如果没有我，他们就无所谓争执；如果没有我，什么问题都没有了。

这思想立刻控制了她，而无法摆脱了。她头昏脑涨地满屋乱转，终于，猛然站定了。额上冷汗涔涔，四肢冰冷。大约站了十分钟，她长长地吐了一口气，打开抽屉，找出一条带子，爬上了凳子，把带子在屋梁上打了一个结。然后，糊糊涂涂地把脖子伸进去，手是抖的，结打得也不好，弄了半天也弄不妥当，好不容易才把头套进去，踢翻了椅子。椅子倒地的声音发出一声巨响。她吃了一惊，同时，看到窗外有个人影一闪，立即听到有人叫：

"不好了！救人啦！救人啦！"

她最后的意识，是分辨出那是伯健的声音。

五

不知道过了多久，她荡悠悠地醒了过来，听到满屋子的人声，有人在搓她的手脚，有人在给她扇扇子，有几百个声音在叫她。她勉强地睁开了眼睛，看到叔豪哭得红肿的脸，看到仲康绝望的眼睛，也看到伯健无血色的嘴唇。她一醒过来，大家都叫了起来：

"好了，好了，醒了，活过来了！"

周太太拉住她的手，松了口气，又怨又哭地说：

"你看这个傻孩子，什么事情想不开要寻死？你有什么话你尽管说呀！我们又没怪你，又没骂你，什么事都可以依你的意思。我生平没生个女儿，把你像亲生女一样带大。现在，你好端端地就寻死，如果真有个三长两短，你叫我怎么向你妈交代？……伯健他们都喜欢你，你高兴嫁谁就嫁谁！我对你总算仁至义尽了，你怎么要寻死呢？"周太太含着眼泪，又急又疼又生气，断断续续地说个不停。

婉君的神志清楚了，立即知道寻死已经失败，顿感柔肠百结，听到周太太一番诉说，更是百感丛生，简直不知该置身何地。禁不住地，眼泪如潮水般涌了出来，一发就不可遏止，在枕头上痛哭了起来。周太太抚摸着婉君的肩膀，叹了口气说：

"你别只是哭，你有什么话你说好了！"

婉君哭得更凶，她怎么说呢？她说什么好呢？谁叫周太太有这样的三个儿子呢？谁叫他们三兄弟都如此痴情呢？周太太又叹了口气，对环立床边像三个木偶一般的兄弟们说：

"你们三个也劝劝她呀，别尽站着发呆！"然后，又摇了一阵头，诉说了一阵，把嫣红叫过来骂了一顿，又责备老妈子们不留心，再抚慰了婉君几句，留下三兄弟来劝她，才抹着眼泪走了。

周太太走后，房里有一段时间的沉寂，下人们都不作声，三兄弟也不开口，只有婉君还在抽抽噎噎地哭。终于，伯健走到床边，用手帕拭去了婉君的泪痕，自己却含着泪说：

"今晚，我就是不放心你，好像猜到你会出事似的，幸好跑到你视窗来看看，要不然你……"他哽住了半天，才又说："婉君，什么事都可以商量，是不是？我们绝不逼你，如果你不要我，我也绝不怨你。我尊重你的意愿，不会用婚约来威逼你，你生气，骂我们，责备我们，都可以！只是不要再做这种傻事！"

仲康也走了过来，咬着嘴唇凝视着婉君，接着长叹了一声说：

"都是我不好，我想通了，如果我不逼婉君，她就笃笃定定地嫁给大哥，什么问题都没有了。我太糊涂，太荒唐……"

他抱拳对婉君深深一揖，毅然地甩了一下头："婉君，原谅我，把过失都记在我身上，要骂，就骂我吧，希望从此你能和你相爱的人，幸幸福福地过一辈子！"说完，他转过身子，头也不回地大踏步走了。

叔豪靠在床边，什么话都不说，婉君还在哭，伯健推推叔豪，要叔豪劝她，叔豪坐在床沿上，还没说话就也莫名其妙地哭了起来。两个人默然相对，各哭各的。伯健站在一边，看着他们哭，脑中突然掠过一个震撼，他想起许许多多年以前，他牵着婉君的手，听婉君背《长干行》，背到"郎骑竹马来，绕床弄青梅。同居长干里，两小无嫌猜……"时，正好叔豪跨着竹马，迤逦而来，婉君竟无法背诗，只对着叔豪发愣。现在，这一对孩子相对而哭的傻样子多使人感动，真的，他们才是一对！同样的脾气，同样的傻，同样的稚气未除！长叹了一声，他跺跺脚说：

"三弟，我把婉君交给你了！好好待她！"

含着泪，他也走出了房间，在房门口他站了一站，看到叔豪正用袖子给婉君擦眼泪，他想笑，又想哭。在跨门槛的时候，他的脚绊到一样东西，他拾了起来，是一个竹子编的小笼子，里面赫然是一条吐丝结茧的大蚕，笼子上有一张题着诗的小纸条：

春蚕不应老，

昼夜长怀丝。

何惜微躯尽，

缠绵自有时。

他把小笼子放在门口的茶几上，他明白这笼子是谁弄的，再望了叔豪和婉君一眼，他含泪而笑，觉得他们真像一对金童玉女。

第二天清早，伯健和仲康竟不约而同地分别留书出走了。仲康信上说，想到广东去读军校，希望伯健和婉君早日成婚。伯健却说想渡海到国外去，看看这个世界，并望父母成全叔豪和婉君。这件事使整个周家大大地震动，周太太从早哭到晚，怨天怨地怨神灵。周老爷连夜派人四处追寻，一面跺着脚骂婉君是"红颜祸水"。叔豪吵着要出去找哥哥们，周太太却死拉住他不放，怕他会效法哥哥，也一走了之。婉君终日以泪洗面，恨自己不死。下人们、丫头们、老妈子们，满屋子乱转，要劝解周太太，要防备叔豪出门，还要提防婉君寻死。平日安安静静的一栋宅子，被闹得天翻地覆。

一个月过去了，伯健和仲康都杳如黄鹤。周老爷认了命，以男儿志在四方来自慰。周太太依旧从早到晚流泪。叔豪整日躲在书房里，唉声叹气。婉君不出闺门，掩镜敛妆，以泪洗面。

半年多的日子就这样过去了。周太太终于认清伯健和仲康在三年五载之内不可能回来。而婉君的终身问题仍未解决。于是，她提出要依伯健的办法，让叔豪和婉君成婚。谁知，这提议立刻遭到叔豪和婉君双方的强烈反对，叔豪义正词严地说：

"婉君本属大哥，如果依行礼的人来论，也该属二哥，无论怎样轮不到我。如今，大哥二哥都为了婉君出走，下落不明，我怎能坐收渔人之利？"

婉君是愁肠百结地说：

"除非他们两人都在外面成了婚，要不然我不能嫁给豪哥，我对不起他们每一个人。"

没多久，叔豪终于飘然远行，说是不找到大哥二哥，誓不回来。

春去秋来，岁月如流，老年人死了，年轻的老了。在这栋大宅子里，一个寂寞的中年妇人日日凭栏远眺。她曾被三个男人爱过，但是，换得的只是无边无尽的寂寞和期待。周老爷和太太早已作古，她已经是这栋宅子中的女主人了。无论如何，她曾经拜过天地，拜过周家祖宗神位，拜过周老爷夫妇，正式成为周家媳妇。虽然她从没有获得过一个丈夫。

"小姐，风大了，进去吧！"嫣红走到回廊上，轻抚着婉君的肩膀说。

"别管我，让我一个人站站。"婉君说，继续凭着栏杆。

花园里，秋风正扫着落叶，天是阴沉欲雨的。婉君把头靠在柱子上，依稀记得伯健牵自己的小手，在这花园中教自己念诗。又仿佛看到叔豪和她趴在山子石底下挖蟋蟀，他的脑袋紧挨着她的。又恍惚感到仲康正撩起她的裙子，为她吸掉摔破的伤口中的淤血……泪水逐渐地模糊了她的视线。暮色加重了，一阵寒意袭了过来。在她头顶上的一棵榆树，落下了两片黄叶，她拾了起来，不由自主地、低低地念：

黄叶无风自落，

秋云不雨长阴。

天若有情天亦老，

摇摇幽恨难禁。

惆怅旧欢如梦，

觉来无处追寻。

夜很深，房子里静悄悄的。

老人眼光深邃地望着窗外的穹苍，小纹目不转睛地望着老人的脸。"爷爷，"小纹说，"婉君心里一定有个最爱的人，对不对？为了爱护那三兄弟，她才要紧紧咽住心里的秘密，对不对？"

老人瞬了小纹一眼，又调眼去看窗外。默然无语。

"他们总有一个会回来！"小纹痴痴地自语，"否则，婉君太可怜了！"老人叹口气，抚摸了一下小纹的头。

"傻孩子，这只是个梦而已。"

"第二个梦呢？"小纹急急追问，"快讲第二个梦给我听！"

"明晚，让我们继续说那第二个梦。"

第二个梦

哑妻

辛亥革命前二十年左右，北平城里。

这是个庭院很深的大宅子，包括三进房子和三个花园，门口有石狮子守门，黑漆的大门上挂着两个铜门环，门上方悬着一块金色的匾——逸庐。这是柳逸云的家。柳逸云是标准的书香世家，也是北平的望族。

在内花园里，正有两个少妇坐在一棵大槐树下刺绣，另外两个丫鬟垂手侍立着。这是一个仲夏的午后，树上，蝉鸣正喧嚣着，除了蝉鸣之外，一切静悄悄的。两个丫鬟摇头晃脑地直打瞌睡。

"哦——"突然，少妇中比较年长的一个轻轻地惊呼一声，挺直了腰，把手放在隆起的腹部上。

"怎样了？"较年轻的一个紧张地问。

"没什么，"前者微笑了起来，一种属于母性骄傲与喜悦混合起来的笑，"我觉得孩子在肚里练太极拳。他踹了我一脚，我几乎可以抓住他的小脚。"她用手在肚子上轻轻地抚摸着。

"噢，表姐，"年轻的一个说，"怎么我肚子里从来不动呢？"她也用手抚摸着肚子。

"你还早呢，你只有三个月，是不会动的，等到六七个月的时候，就会动了。"

针线被放在膝上，两个少妇热心地谈了起来。

"不知道是男孩还是女孩，"年长的一个说，"逸云已经快四十了，我也将近三十，这才是头一遭怀孕，希望能是个男孩子，如果是女孩，我就要给逸云纳妾了。"

"我也希望生个儿子，方家三代单传，现在，两个老人家都把希望寄托在我身上，巴不得我一口气给他们生十个八个孩子……"

"哈，生孩子又不是下小猪……"

"表姐！"

"噢，"前者为自己失言说出的粗话脸红了，"我们来算个卦，看看是男孩子还是女孩。"

"你一定是男孩子，你的肚子尖尖的。"

"表妹，"年长的一个，也就是柳太太说，"假若我们都生了儿子，我们要让他们结拜为兄弟……"

"对了，"方太太说，"我们表姐妹这样好，如果都是女儿，就结为姐妹，如果是一男一女……"

"就结为夫妇。"柳太太说。

"一言为定吗？"方太太问。

"当然！"柳太太严肃地说，从手上取下了一个玉环，递给方太太，"我们先交换信物，以后不许反悔哟！"

"哪一个反悔就不得好死！"方太太说，取下了脖子上的一条琥珀项链，郑重地交给柳太太。然后，两个妇人相视而笑，方太太握住了柳太太的手说："表姐，从此，我们更亲一层了。明天我要回家了，下个月你到我家做客去。"

"挺着大肚子，怪不好意思的，等满月以后再去吧。今天我们说的话可得算数哟！"

"你们柳老爷不会反对吧？"

"什么话？当然不会！你们老爷呢？"

"也绝无问题！"

两个女人微笑地对望着，手握着手。两个孩子的终身就在她们握着的手里决定了。

柳太太生了个男孩子，取名静言。
方太太生了个女孩子，取名依依。

五年后，在同一棵槐树底下，两个女人又聚首了。方太太死命拉着柳太太的衣袖，一把眼泪一把鼻涕地说：

"表姐，你怪我好了，你骂我好了，我一定要悔婚！哪怕我应了誓，不得好死，我也要悔婚。我怎么想得到依依生下来是个，是个，是个哑巴！我不能毁掉你们静言一辈子，表姐，你给他另订一桩婚事吧！"

"表妹，慢慢来。"柳太太沉痛而严肃地说，"假如你们依依是个正常的孩子，我同意你悔婚，现在依依既然是个哑巴孩子，我们柳家绝不悔婚！表妹，你这一生也够苦了，唯一个孩子又是残疾，老爷又三房四房地讨姨太太……你想想，依依如果不嫁给静言，将来难道做一辈子老姑娘？你自己也受一辈子气吗？我们柳家不是无信无义的，我们姐妹的交情也不止这些，是不是？表妹，我告诉你，静言除非娶依依，要不然我永不许他娶妻！"

"哦，表姐！"方太太喊了一声，抱住柳太太，失声痛哭。柳太太安慰地拍着方太太的肩膀，轻轻地说：

"放心吧，表妹，一切都是命中注定，老天自会有安排。"

柳静言坐在书房里，烦躁地望着面前的书本。革命带来一个新的世界，也带来了许多新的思想，但他却依然要牺牲在旧社会的指腹为婚之下。这是不公平的，但他却无法反抗。婚期已经择定了，就等着他去做那个倒霉的新郎。他从没有见过方依依，或者，在很小的时候，他们曾经一起玩过。反正，他对依依一点印象都没有，一个哑巴，凭什么他该娶一个哑巴呢？只为了母亲那个近乎儿戏的指腹为婚！近来，他看了许多翻译的西洋文学，他欣赏他们那种赤裸裸的恋爱，没有媒妁之言，更没有这种荒谬无比的指腹为婚！他的一些朋友，都拥有世界上最美好的娇妻，而他，从一落地起，就被命运判定了要有一个哑巴太太。他真想反叛这个命运，甚至想逃婚。受到新思潮的熏染，柳静言对于这许多传统的旧习惯都感到不满，尤其对于中国古老的婚姻制度。两个毫无感情、未谋一面的陌生人，就硬要在一夜之间结成夫妻，这确实是不合情理的!

"我要反抗!我要反抗!"他郁愤地想。

书房门被推开了,柳逸云走了进来,看到了父亲,柳静言立即站起身来,垂手而立,恭敬地喊了一声:

"爸爸!"

柳逸云在椅子里坐下来,他是个满腹诗书、有着顽固的旧脑筋旧思想的老人。在这个家庭里,他有着无比的权威和力量。望了柳静言一眼,他安静地说:

"静言,过来!"

柳静言向前面走了两步。

"明天起,不必到书房来了,"柳逸云说,"好好准备婚事,你知道,男婚女嫁,这是人生的一件大事,也是做人的义务。"

"是的,爸爸。"柳静言恭敬地应了一声,心中却在愤愤不平。准备婚事,还有什么要他准备的呢?除了做新郎必须自己去做之外,别的事大家早给他做了。他真奇怪,为什么他们不连新郎也代他做呢?

"关于你的这门婚事,"柳逸云沉吟地说,"我知道你心里不大愿意。但是你母亲和方家指腹为婚的,当初并没有料到依依会是个哑巴。我们读书人,以信义为重,绝不能因对方是个哑巴而退婚,你了解吗?"

"是的,爸爸。"

"现在,我告诉你,你必须娶方依依,这是做人的责任。假如你不喜欢她,你尽可以三妻四妾往家里娶,可是,方依依一定要做你的原配。"

"是的，爸爸。"柳静言应着，三妻四妾，他又何尝想要什么三妻四妾？他无法告诉父亲，他的思想和愿望，他愿意有一个感情很好的如花美眷，闺中唱和，白头偕老，一个就心满意足了！何必什么三妻四妾呢？

"你看，静言，"柳逸云认为他已经给儿子解决了心中的不快，点点头说，"做父母的不会让你受委屈，哪怕你头一天娶了方依依，第二天就要纳妾，我都可以同意。家里的丫鬟，你有中意的也可以收房。明白吗？"

"是的，爸爸。"

"好吧，现在到你母亲那儿看看去，不要整天闷在书房里，让你母亲担心。"

"是的，爸爸。"

柳逸云站起身来，从容不迫地跨出了书房。柳静言垂手恭送，等父亲走远了，他才颓然地坐下来，把书本狠狠地在桌上掷过去，喃喃地说：

"果真娶上七八个姨太太对方依依难道就算了了责任吗？她又何尝愿意做一个名义上的傀儡妻子！"

一星期后，婚礼如期举行，排场之大，陪嫁之丰，使路人为之侧目。一路上，新娘的花轿领先，后面跟着七八十抬陪嫁，鞭炮声，鼓乐声，热闹空前。花轿进了柳家的大门，宾客盈门，大家争着看新娘。新娘被喜娘搀了出来，凤冠霞帔，花团锦簇。颤巍巍地，由喜娘搀扶着行礼如仪。

交拜天地时，柳静言曾看了方依依一眼，喜帕盖着脸，无法看到面目，腰肢袅娜，娉娉婷婷，好苗条的身段！行完礼，参拜祖先牌位、父母、长辈。然后，在宾客的议论中，他不止听到十次"哑巴"的字样，像一根针扎在心里，他觉得一阵尖锐的刺痛。

请客、闹酒……一切都过去了。他被送进新房里，和新娘吃合卺酒。走进新房，他一眼看到新娘垂头坐在椅子里，喜帕依然遮着脸，两个喜娘侍立在侧。他看着她，一刹那间，竟失去揭起喜帕的勇气。谁知道在那喜帕后面，是一张怎样的脸！她除了是个哑巴之外，还有没有其他的缺陷？站在那儿，他迟迟不前。喜娘中的一个，对他点点头，鼓励地笑了笑。他终于走了过去，鼓起勇气，揭起了那一块遮在他们之中的屏障。一瞬间，他愣了愣，然后，完全出于下意识的动作，他用手轻轻地托起了新娘的下巴，仔细地凝视这一张脸。

长长的睫毛低垂着，由于被他托起下巴而吃了一惊，惶恐中，睫毛很快地抬起来，对他仓皇地扫了一眼，已经够了，这足以让他看清她那对澄清如水、光亮如星的眼睛。眉毛弯弯地覆盖在眼睛上方，清晰地显出两条处女的眉线。小巧的鼻子下是一张可怜兮兮的小嘴，那么小，那么柔和，那么秀气。白皙的皮肤，细腻、润滑，像一块水红色的玉石……他不可能希望再有一个比她更美的妻子了。一刹那间，他明白为什么方家在婚前不让依依和他见面，他们是存心要在洞房里给他一个惊喜，以弥补另外一方面的缺陷。他放下手来，轻轻地吐出一口气。两个喜娘都笑开了，于是，他糊糊涂涂地和新娘喝了交杯酒，又糊糊涂涂地发现，房间里的人都走光了，只留下了他和新娘两人。

好一会儿，他惶惑地站在那儿，不知道该怎么办好。终于，他走到她身边，对她微笑，她恐慌地看看他，显然比他更慌乱、更不知所措。

"你很美。"他赞美地说。

她茫然地望着他的嘴，就无助地垂下了头。他像遭遇到一下棒击，顿时明白她根本听不到他的话，她是个聋子。似乎所有的聋子都是哑巴，所有的哑巴，也都是聋子。但，事先，他并没有想到这一点，他没有料到她又哑又聋！他颓然地退后了两步，倒进椅子里。

"我的天！"他喃喃地叫。

看到他的表情，她明白了，她颦眉凝视了他一会儿，眼睛里有着悲哀的疑问，好像在惶恐地问他：

"你难道不知道？难道他们竟没有告诉你？难道你是被骗娶了我？"

柳静言望着面前这张脸，太美了，太好了！他无法相信，具有这么美丽的脸的人竟是个天聋地哑！他用手蒙住了脸，对冥冥中安排一切的神灵生气，他摇着头，自言自语地说：

"这是不应该的！她应该是一切完美的化身，这是不公平的！老天一定弄错了什么地方！"

看到他的嘴唇在动，她了解他在说话，却徒劳无功地想明白他在说什么。他脸上那个绝望的表情打击了她，她闭上眼睛，匆遽地低下头去，两滴泪珠迅速地沾湿了黑而长的睫毛。体会到在洞房内流泪是不吉利的，她竭力忍耐着在眼眶中打转的泪水。柳静言从自己的思想中觉醒了，立即明白自己的态度刺伤了她，他从椅子里站起来，走到她身边。虽然明知道她听不见，他仍然温柔地、怜悯地对她说：

"你很美，你也十分可爱，我知道你的缺陷，但是，你放心！"他轻轻地抚摸着她的面颊："我会好好地待你的，不会弄许多妻妾来让你寒心。"他温柔地凝视她的脸，叹了口气："你真美！"

她疑问而顺从地看着他，于是，他问：

"你会不会写字？"

她不解地对他瞪大眼睛。

"我真糊涂，"他喃喃地说，"我必须习惯不对你用言语。"

他做了个写字的姿势，她了解了，羞怯地点了点头。

"好吧，"他自语说着，"看样子，以后我们只能用笔交谈了，我可弄不惯指手画脚的交谈法。"

他对她温和地微笑，知道他没有鄙视和恶意之后，她以一种畏怯的、腼腆的神情望着他，别有一种娇羞脉脉、楚楚可怜的韵致。他心动地看着她的眼睛，把手轻轻地放在她的肩膀上。"该睡了吧，是吗？"他柔声问，望着桌上高烧着的两支红烛和火焰下堆着的两大朵烛花。

两个月过去了，柳太太惊喜地发现儿子竟非常满意于他的哑妻。他经常待在房间里，不大外出，也不常上书房。一天，一个小丫头看见他在给依依画眉，于是，合府都取笑起柳静言来，柳静言的异母妹妹静文笑着说：

"哥哥，你是不是学张敞呀？"

"别忙，"柳静言指着妹妹说，"总有一天，你的张敞会给你画眉的！"

柳静文顿时羞红了脸，仓促间想报复哥哥一下，立即毫不思索地说：

"妆罢低声问夫婿，画眉深浅入时无？可惜，我这个新嫂嫂没办法低声问哩！哥哥，她可是指手画脚地问吗？"

柳静言马上变了脸色，沉下脸去，转过身子，一言不发地走开了。从此，家中的人不敢在他面前提少奶奶是个哑巴，甚至于不敢暗示到这个上面来。柳静言喜欢他的妻子是任何人都知道的事。而这位新的少奶奶既不会说话，就和任何人都没有冲突，她又很懂得侍奉翁姑，彬彬有礼。因而，从上到下，对她也都很客气，但是，也有一些人在暗暗地嫉恨和鄙视她。

时间一天天过去，柳静言开始在他的哑妻身上发现了许多优点：温柔、顺从、娴静，还有一肚子的诗章。这天，柳静言和几个年轻的朋友有一个聚会，这是他婚后第一次和朋友们相聚，大家刚见了面，就互相打趣了起来，其中一个拍着他的肩膀说：

"静言兄，你的名字取得很好，静言，你就果然娶到一个'静言'的妻子了。"

柳静言变了面色，但另一个又大笑起来说：

"静言兄，这么久见不到你的面，大概忙着和娇妻'默默谈心'吧！"

"你有没有学会手语？"第三个问，自己嘴里"咿咿唔唔"地学着，手上乱比了一阵，然后随口诌了两句打油诗，"娇妻漫抬莲花指，君情妾意两不知！"

"说说看，"第四个说，一面挤挤眼睛，"你们的第一夜怎么度过的？"

这些朋友原是和柳静言玩笑惯了的，可是，这次，柳静言却勃然大怒，他冷冷地说：

"请注意，谈话最好不要涉及闺阁。"

"怎么，"一个说，"你向来以新派自居，怎么也这样老夫子起来？"

"是的，"柳静言板着脸说，"我的妻子是个哑巴，这很好笑是不是？"

"哦，别提了，开玩笑嘛！"一个笑着说，过来拉柳静言，"坐坐坐！别生气。"

"开玩笑！"柳静言甩甩袖子，大声说，"为什么不拿你们的妻子来开玩笑？"说完，他气冲冲地转过身子，大踏步地拂袖而去。

回到家里，柳静言一直冲进自己房里。依依正在窗前刺绣，看到他满脸怒气地跑进来，就诧异地站起身子，默默地望着他。柳静言看了她一眼，摇摇头，长叹了一声，就躺在椅子里生闷气。依依走了过来，拿了一份纸笔，匆匆地写："为什么生气？"

柳静言写："为了你。"

"我做错了什么？"依依的大眼睛里盛满了惊惶。

"不是你错了，是老天错了。"柳静言写。

"老天怎么错了？"

"不该把你生成哑巴！"

依依执着笔的手颤抖了，过了好久，才写：

"谁给你气受了？"

"别提了，不相干的人。"

"是妹妹吗？你不要为我和妹妹生气好吗？"依依写着，脸上有着耻辱、伤心、难堪。妹妹指的是静文，她是柳逸云姨太太所生的女儿。柳静言审视着依依，抓起笔来写：

"静文欺侮了你吗？"

"没有！"依依惶然地写，"绝没有的事！她待我好极了！"

柳静言凝视了依依好一会儿，他明白，柳静文一定表示过什么。他开始了解，依依在他们家的地位是很难处的，这个大家庭，到处都充满了仇恨和嫉妒。父亲的三个姨太太都嫉恨他这个独子，而现在，他这个得宠的哑妻该是她们欺侮嘲笑的对象了。

"依依，我不许任何人嘲笑你！"他写，怜惜地望着他那楚楚可怜的妻子。

依依拿起笔来，大眼睛眨了眨，匆匆地写下去：

"静言，只要你待我好，我什么都不怕，以前在方家的时候，我受的气比这里多得多，我的异母弟妹们成天取笑我。现在，你对我这么好，我已经是置身天堂了。只要你不嫌我身有残疾，允许我终身侍奉，则我再无所求了。"

柳静言把她揽过来，轻轻地吻了她。

第二年春天，依依怀了孕。

这是柳家的一个大消息，柳静言是柳逸云的独子，现在，第三代即将来临了。柳太太高兴得整天笑得合不拢嘴，柳逸云也满面春风。柳静言自己是乍惊乍喜，要做父亲的新奇感和喜悦使他成日晕陶陶。依依顿时成了柳家的宝贝，柳太太马上下令不让依依做任何一点事情，连晨昏定省都要她省掉。厨房里整日忙着给依依做东西吃，什么燕窝海参的忙个没完。柳太太自己每天都三番两次地往儿媳妇房里跑，问这样，问那样。连累着三个姨太太也跟着跑。柳家的规矩大，姨太太等于是大太太的侍女，大太太到哪儿，姨太太必须追随侍奉。一时，下人们和姨太太们都怨声载道。

一天，柳太太到二姨太太屋里去，一进门，就听到静文在尖声尖气地说：

"这个哑巴现在变成凤凰了。谁知道生下个什么玩意儿来？八成也是个小哑巴！"

柳太太走进去，气得脸色发青，静文一看到柳太太，就短了半截，嗫嗫嚅嚅地喊了一声：

"妈！"

二姨太太也吓得站了起来，不敢说话，柳太太走过去，对着静文就狠狠地打了两个耳光，骂着说：

"我把你这个烂了嘴的丫头打死，赶明儿一定给你配个哑小子，看你还背后嚼舌头不？"说着，又气呼呼地对二姨太太说："你养的好女儿！平常一点儿也不知道管教，学得这样尖嘴尖舌。孩子生下来，要有一点儿不对，看我不找你们算账！"

柳太太气冲冲地走了。依依又结下了一段解不开的怨。没多久，依依就发现，只要柳太太和柳逸云父子不在，她身后就有许许多多丫头下人们指手画脚，"咿咿啊啊"地学她，当了她的面嘲笑她。吓得她躲在屋里，再也不敢出来。

这天，柳静言从外面回来，才走进卧房，就看到依依靠在窗子前面流泪。看到了他，依依忙背过身子，拭去了泪痕，强颜欢笑来接待他。柳静言皱皱眉头，拿了纸笔写：

"发生了什么事？"

"什么事都没有。"依依写。

"别骗我，告诉我你为什么流泪？"

"我没有流泪，是沙子眯了眼睛。"

"我不信。"

依依望着他，沉吟了半天，才犹犹豫豫地写：

"别人告诉我，你娶我是因为爹答应你娶七个姨太太，是吗？"

柳静言望着她那微红的脸和微红的眼睛，"扑哧"一声笑了出来，他笑着写：

"不错。"

"那么，怎么还不娶哩！"依依嘟着嘴写。

"时候还没到呀，等你讨厌我、不要我的时候！"

依依抛掉了笔，投身在他怀里。这正是晚上，她散着一头浓发，胳膊放在他膝上。柳静言不禁想起古诗里的一首《子夜歌》：

宿昔不梳头，

丝发披两肩。

婉伸郎膝上，

何处不可怜。

他把这首诗写下来给她看。依依红着脸，深深地看着柳静言。然后拿起笔，写了一首乐府诗：

上邪！我欲与君相知，

长命无绝衰。

山无陵，江水为竭。

冬雷震震，夏雨雪。

天地合，

乃敢与君绝！

写完，她悄悄地望了柳静言一眼，又在诗边写了一行小字：

但愿君心似我心——行吗？

柳静言握住她的手。两人静静地依偎在窗前，望着月亮上升，望着满院花影，望着彼此的人、彼此的心。柳静言可以听到露珠从枝头上坠落的声音，檐前的一对画眉鸟在细诉衷曲，阶下有不知名的虫声唧唧。他渴望把这些声音的感受传给他那无法应用听觉的妻子，抬起眼睛，他望着她，她眼光清莹，神情如醉。他知道，他无须告诉她什么，她领受的世界和他一般美好。从没有一个时候，他觉得和她如此接近，好像已经合成一个人。

这年冬天，天降大雪，柳静言的大女儿在冬天出世了。那段时间，对静言来说，简直是世界末日。窗外飞着大雪，依依的脸色好像比雪还白。生产的时间足足拖了二十四小时，望着依依额上的冷汗，挣扎，惊悸，他觉得自己是个刽子手。家中的仆妇穿梭不停，母亲和姨太太们拼命把他往产房外面推。他奇怪母亲和姨太太们都一点儿不紧张，难道没有同情心，不知道他的依依正在生死线上挣扎？每听到产房中传来依依的一声模糊、痛苦的"咿唔"声，他就觉得浑身一阵痉挛。终于，当他开始绝望地认为，这段苦刑是永无终了的时候，产房中传出一声嘹亮的儿啼。他猛然一惊，接着就倒进椅子里。

"谢谢天！"他喃喃地说，一瞬间，感到生命是如此地神奇，一个由他而来的小生命已经降临了。他向产房冲去，一个仆妇开门出来，对他笑笑说：

"恭喜少爷，是个千……不不！少爷现在还不能进去，要再等一下！"

千金！一个女孩子！但是，管他是男是女吧，他只想知道依依好不好，仆妇笑得合不拢嘴：

"当然少奶奶很好，孩子也好，再顺利也没有了。"

这么久的痛苦，还能称作顺利？柳静言对仆妇生气，奇怪她们的心如此硬！然后，柳太太和姨太太们出来了，柳太太满脸沮丧，使柳静言一惊，以为依依还是完蛋了。但，柳太太只说：

"是个女孩子！"

"头一胎生女，下一胎保证生男。"大姨太说，于是，柳静言才明白，母亲的沮丧是因为生了个女儿。不顾这些，他冲进了房里，一眼看到依依躺在枕头上的那张脸，那么苍白，那么憔悴，大眼睛合着，有两滴泪水正沿着眼角滚下来。他又一惊，跑过去，握住了依依的手，一时间，竟忘了依依听不见，对她叫着说：

"你好吗？你没有怎么样吧！"

依依张开了眼睛，对他无力地看了一眼，就转头过去，望着床上的孩子。柳静言才发现那个裹在褓褓里的小婴儿，一张红通通的、满是皱纹的小脸。他好奇地看着那个蠕动的小生物，一时无法把这小生物和自身的关系联系起来，只觉得奇异和惶惑。但，当他俯身去审视这孩子时，父性已经在他心中温柔地蠢动了。他用手指轻触了一下孩子柔嫩的小脸，小家伙受惊地张开了眼睛，柳静言深吸了口气，惊喜地望着依依。然后，满屋子乱转，终于找到了一份纸笔，他眉飞色舞地写：

"孩子很漂亮，像你。"

他把纸条给依依看，依依抬了抬眉毛，眼睛里有着疑问，示意要笔，柳静言把纸笔递给她，她写：

"你喜欢她吗？"

"当然。好极了。"

依依脸上浮起一层欣慰的笑，又写：

"我很抱歉，下一胎或者会是男孩子。"

柳静言有点生气地抢过纸笔写：

"生孩子如此痛苦，我希望你再也不要生了。"

依依惶然，提起了笔：

"别胡说，我一定给你生个男孩子。"

柳静言叹口气，对依依摇摇头，温柔地笑笑。孩子突然哭了起来，声音清脆响亮，柳静言高兴地听着孩子的哭声，在纸上写：

"孩子的声音很好。"

"是吗？"依依写，脸上既关怀，又欣慰，"那么，她不会是个哑巴了？"

"当然。"柳静言拂开依依额上的头发。

"谢谢天！"依依写了三个大字，就如释重负地闭上眼睛，疲倦地入睡了。

孩子因为生在下大雪的日子，由祖父取名为瑞雪，但，全家都叫她雪儿。雪儿虽是个女孩子，可是，没多久，却也获得了上下一致的钟爱。主要因为雪儿长得美极了，一对黑白分明的大眼睛一如她的母亲，挺直的鼻子和神采飞扬的眉毛又活像柳静言。她是父母的结晶，综合了父母二人的优点。不过，在这个复杂的大家庭里，得宠并非幸事，姨太太们成天在依依背后，想抓住她们母女的错处。

这天，雪儿快满一周岁了，奶妈抱着她在院子里晒太阳。

柳静言走了过去，在雪儿背后叫：

"雪儿，来，让爸爸抱抱！"雪儿伏在奶妈肩上，对身后父亲的呼唤恍如未觉。柳静言突然打了个冷战，他示意奶妈不要动，走了过去，在雪儿身后大声叫：

"雪儿！"

雪儿依然故我，既不回头，也不移动，只专心地啃着奶妈肩上的衣服。柳静言感到心往下沉，一直沉到底下。发了半天呆，他从怀里取出一个怀表，放在雪儿的耳边，雪儿不动，他换了另一边耳朵试试，雪儿仍然不动。他收起表，沉重地走进房里，靠在椅中。依依正忙着给孩子做小衣服，看到他脸色不对，就用一对疑问的眼睛望着他。他取了纸笔写：

"我想带雪儿去看看医生。"

"为什么？"依依惶惑地写。

"我怀疑她耳朵有毛病，多半她是个聋子，那么，她也永不能学会说话了。"

依依骇然地站起身来，膝上的针线篮子滚在地下，翻了一地的东西。她冲出房间，找到奶妈，把雪儿抢了过来，抱进房里，茫然地望着她。她看看雪儿的嘴，又望望雪儿的耳朵，慌乱地摇撼着雪儿的身子。柳静言走过去，找了一个铜质的水盂，拿一根铁质的火筷，在雪儿耳边猛敲了一下，立即发出"当！"的一声巨响。雪儿正望着母亲笑，玩着母亲发边簪的一朵珠花，这声巨响对她丝毫不发生作用，她依然玩着珠花。柳静言颓然地丢掉水盂和火筷，倒进椅子里，用手蒙住脸，绝望地说：

"老天！老天！又是一个方依依！只是，她可没一个指腹为婚的柳静言。带着终身的残疾和耻辱，她这一生将如何做人呢？老天啊，这种残疾回圈遗传，要到哪一代为止？这是谁造的孽呢？"

依依紧紧地抱着雪儿，她知道柳静言的试验失败了，她有一个和她一样的女儿！望着雪儿那对黑白分明的大眼睛，那张美得出奇的小脸，她的面色变得惨白了。她把雪儿放在床上，自己扑在床边，把头放在床沿上，心中狂乱地呼号乞求着：

"上天哦，我愿意再瞎掉一只眼睛，代替我女儿的聋耳！不要让我的痛苦，再沿袭到下一代的身上！"

第二天，柳静言带雪儿去看了一个西医，证明了柳静言的猜测，雪儿果然是个聋子，因为听不到声音，也永不可能学会说话。柳静言问起这种病的遗传率，知道十分复杂。事实上，依依的父母都正常，如何依依会是聋哑，就要推溯到好几代之前去。而雪儿的后代，也不能保险正常，至于依依以后的子女，是正常抑或不正常，也说不定。带着一颗沉重的心，柳静言回到了家里。把雪儿交给依依，就把自己关进了书房里。

雪儿是个天聋地哑的乌云笼罩了全家，柳太太不住唉声叹气，怨天怨地怨自己，千不该，万不该，和方太太来什么指腹为婚。柳逸云把柳静言叫去，以责任为题，命他从速纳妾。柳静言对父亲默默摇头：

"爸爸，我既然娶了依依，又怎能让她独守空房？她也有心有情感有血有肉！"

"你已经对得起她了！"柳逸云厉声说，"你娶了她做原配，不是够了吗？就算她不哑不聋，你也可以纳妾，何况她又没生儿子！你知道，不孝有三，无后为大，我今年六十几了，我要看到我们柳家的后代！"

柳静言的纳妾问题，闹得阖家不宁。姨太太们幸灾乐祸，在依依后面指手画脚地嘲笑不已，柳静文撇撇嘴，不屑地说：

"早就知道她只会养哑巴孩子！"

依依在柳家的地位，从生了女儿起，就早已失去了往日的得宠。现在，又证实了雪儿有母亲遗传的残疾，依依的处境就更加难堪。姨太太们开始公然嘲笑，柳太太也见了她就皱眉，连下人们也都对她侧目而视。等到柳静言要纳妾的消息一传出来，依依就如同被打落了冷宫，整天抱着雪儿躲在屋里流泪。近来，柳静言干脆在书房里开了铺，几乎不上她这儿来，整日整夜都待在书房里。她明白，现在，不仅公婆不喜欢她，连素日对她恩重如山、情深似海的丈夫也已经遗弃了她。与她相依为命的，只有她那可怜的、甫交一龄的女儿。

这天，她抱着雪儿到内花园去玩，刚刚绕到金鱼池的旁边，就看到大姨太和二姨太在池边谈天，她想退开，已经来不及了，大姨太招手叫她过去，她只有抱着孩子走过去，大姨太把雪儿接了过来，对二姨太说：

"看，可怜这副小长相儿，怎么生成副哑巴坯子！"

"有其母必有其女！"二姨太说，望着依依笑。依依不明白她们说什么，也对着她们笑。大姨太说：

"哑巴也没关系，女孩子，长得漂亮就行了。"

"哼！我们这个少奶奶怎么样？够漂亮了吧？瞧她进门时那个威风劲，现在还不是没人要了！"

她们对依依笑着，依依已经领略到她们的笑里不怀好意，她勉强地对她们点点头，伸手想抱过雪儿米，大姨太尖声说：

"怎么，宝贝什么？我又不会把你这个哑巴孩子吃掉，你急什么？这孩子送人也不会有人要的！"

雪儿伸着手要母亲，大姨太把孩子往依依怀里一送，不高兴地说：

"贱丫头！和她妈妈一样贱！"

大姨太这句话才说完，从山子石后面绕过一个人来，怒目凝视着大姨太，大姨太一看，是柳静言，不禁吃了一惊。柳静言冷冷地说：

"依依什么地方贱？雪儿又有什么地方贱？说说看！"

"噢，"大姨太说，"说着玩的嘛！"

"以后请你们不要说着玩！"柳静言厉声说。转过头去，看到依依的大眼睛莫名其妙地看着他对姨太太们发怒，不禁长长地叹了口气。伸过手去，他要过孩子来，依依又惊又喜地把孩子交给他。他和依依回到了房里，关上了门。依依脉脉地望着他，眼睛里装满了哀怨和深情。柳静言又叹了口气，自言自语地说：

"谁该负责任呢？同样的生命，为什么该有不同的遭遇？老天造人，为什么要造出缺陷来？"

依依望着他，听不懂他的话，她匆匆地拿了一份纸笔给他，接过纸笔来，他不知道该写什么，只怜悯地望着依依发呆。依依在他的目光下瑟缩，低下头去，也呆呆地站在那儿。半天后，才从他手里拿过笔来，在纸上写：

"你不要我了吗？"

柳静言用手托起她的下巴来，她珠泪盈盈，满脸恻然。柳静言写："谁说的？"

"妹妹她们说，你要另娶一个，把我送回娘家去，是吗？"

"胡说八道！"

"静言，别送我走，"她潦草地写，"让我在你身边，做你的丫头，请你！如果你赶我走，我就死！"他捧起她的脸，望着她的眼睛，然后战栗地吻着她，低声说：

"我躲避你，不是不要你，只是怕再有孩子，我不愿再让这种生命的悲剧延续下去！可是，我喜欢你，依依，我太喜欢你了！"

听不见他的话，但，依依知道他对她表示好感，就感激地跪了下去，把脸贴在他的腿上。

柳静言始终没有纳妾，他也从书房里搬了回来。这年秋天，静文出了阁，冬天，柳太太逝世，临终，仍以未能有孙子而引以为憾事。方太太来祭吊柳太太，在灵前痛哭失声，暗中告诉依依，必须终身侍奉柳静言，并晓以大义，要她为丈夫纳妾。依依把这话告诉柳静言，柳静言只叹口气走开了。

雪儿三岁了，美丽可爱，已学会和母亲打手语。柳静言一看到她嘴里"咿咿唔唔"，手上比手势，就觉得浑身发冷。一天，他在房里看书，雪儿在堆积木玩，他看着她。雪儿抬头看到父亲在看她，就愉快地打了个手语，嘴里"咿咿啊啊"了一大串，柳静言感到心中一阵痉挛，他的女儿！他的哑巴女儿！穷此一生，就要这样"咿咿啊啊"过去吗？听到这"咿啊"声，他头上直冒冷汗，打心里生出一种强烈的嫌恶和愤恨感。他神经紧张地望着雪儿，雪儿仍然"咿咿啊啊"，指手画脚地说着，他突然崩溃地大叫：

"停止！"

雪儿听不到父亲的声音，仍然在指手画脚。

"我说停止！"柳静言更大声地叫，一面回过头去找依依，依依正在床边做针线，看出他神色不对，她走了过来，柳静言对她叫：

"把这孩子抱开！"

依依抬起眉毛，询问地望着他，不明白他的意思，她做了个简单的手势表示疑问，柳静言爆发地喊：

"把你的孩子抱开，一起给我滚！知道吗？"看到依依仍然疑惑而惶恐地看着他，他觉得怒火中烧，抓住一张纸，他用斗大的字写：

"我不要再看到你们比手画脚，把你的哑巴女儿抱走！"

依依被击昏了，她惶惑而恐惧地看着柳静言，接着，喉咙里发出一声奇怪的、绝望的喊声，就冲过去，抱起正莫名其妙的雪儿，像逃难似的仓皇跑开。柳静言用手蒙住了脸，喃喃地说：

"天哪，我不能忍受这个！我无法再忍受下去了！"

这天晚上，他发现依依躺在床上哭得肝肠寸断，他抚摸依依的头发，叹息地说：

"我太残忍，太没有人性！"他吻她，"原谅我！"他说，她听不到，但她止了哭，脉脉地望着他，那对眼睛那么悲哀，那么凄恻，那么深情，又那么无奈！他觉得自己的心被她的眼光所揉碎了。

一星期后的一个晚上，她写了一张纸条给他：

"我又怀孕了，我希望是个正常的男孩子！"

他迅速地望着她，手脚发冷，心中更冷。依依对他含羞地微笑，仿佛在问他：

"你高兴吗？"

他提笔写：

"有人知道你怀孕吗？"

"没有，只有你。"

"几个月了？"

"快三个月。"

柳静言沉思地望着她，他知道这孩子会怎样，百分之八十又是个哑巴，就算万一正常，这孩子的下一代也不会正常。不！他再也不能容忍家里有第三个哑巴，不能让柳家养出哑巴儿子，哑巴孙子，哑巴世世代代！他提起笔，坚定地写：

"打掉他！"

依依大吃一惊，恐怖地看着他。

"不，"她写，手在颤抖，"我要这个孩子，求求你！他会很好的，我保证！我要他！不要打掉他！我求你！"

"打掉他！"柳静言继续写，"我去给你弄一服药来，我不能让柳家世世代代做哑巴！"

"不要！"依依狂乱地写，"我要这个孩子！我要他！我要一个正常的孩子！我求你！我求你！我求你！"

柳静言摇头，依依抓住了他的衣服，跪在他的脚前，哀求地望着他。他仍然摇头，依依死命扯住他长衫的下摆，把头靠在他身上，泪如雨下。他在纸上写：

"别怪我狠心，你忍心再生一个哑巴孩子到这个世界上受罪吗？理智一些，我去给你弄药来。"

他把纸条丢给她，狠心地把脚从她的怀抱里抽出来；依依发出一声绝望的低吼，跳过来要拉住他，他甩开她，走了出去。依依倒在地下，把头埋进手腕中，痛哭起来。

第二天晚上，柳静言拿了一碗熬好的药水走进来，闩下了房门。依依恐怖地看着他，浑身战栗。柳静言把药水放在桌子上，在纸上写：

"吃掉它，理智一点！"

依依发着抖写：

"我求你，发发慈悲，让我保住这个孩子，我从没有求过你什么，我就求你这一件事！我要这个孩子，他一定会正常的！"她泪水迸流，哭着写："你打我，骂我，娶姨太太都可以，就请你让我保住这个孩子，我一生一世都感激你！"

柳静言感到眼眶发热，但另一种恐怖压迫着他，他坚定不移地写：

"他不会正常的，他将永远带着聋哑的遗传因素！你必须吃这个药，我命令你！"

他把药碗端到她面前，强迫她喝下去，她的眼睛张得大大的，带着无比的惊恐望着他，她的身子向后退，他向她逼近，直到她靠在墙上为止。她用一只冰冷的手抓住他，身子像筛糠般抖个不停，嘴巴张着，似乎想呼出她心中的哀求。他把碗送到她嘴边，她的眼睛张得更大，更惊恐，更绝望，里面还有愤恨，哀怨和凄惶。他把药水向她嘴边倾去，哑着声音说：

"喝下去！"

冷汗从她眉毛上滴到碗里，她仍然以那对大眼睛盯着他，然后，机械化地，她把药水一口口地咽进肚里。柳静言注视着她的嘴，看着她把全碗的药水都吞了进去，然后疲乏地转过身子，把碗放在桌子上。他感到浑身无力，额上全是汗。依依仍旧靠在墙上，面白如死，以她那对哀伤而愤恨的眸子望着他，就好像他对她是个完全陌生的人。这眼光使他战栗，他可以领会她眼睛中的言语，事实上，这眼光比言语更凶狠，它像是在对他怒吼：

"你是魔鬼！你是谋杀犯！你是刽子手！"

柳静言提起笔来，仓促地写：

"依依，请原谅我不得不出此下策！我害怕再有一个残疾的孩子，请谅解我！"

他把纸条送到依依面前，依依扫了一眼，惨然一笑，提笔写：

"丈夫是天，你的命令，我焉能不从？"

柳静言觉得像被刺了一刀，在这几个字的后面，他领略得到她内心的怨恨。他站起身来，踉跄着退出了房间，仰天呼出一口长气。

第二天凌晨，依依的孩子流产了，是个已成形的男胎。当仆妇、姨太太们以懊丧的神情告诉柳静言时，柳静言默然不语，好半天才问：

"依依怎么样？"

"很衰弱，流血太多，但是没有关系，马上会复原的。"

"叫厨房里炖参汤，尽量调补。"

"好的。"

柳静言走进房间，依依合目而卧，脸色惨白，黑而长的睫毛静静地覆盖着眼睛，一双手无力地垂在床边。柳静言在床沿上坐下来，用手轻轻地抚摸她的面颊，感到眼眶酸涩，他喃喃地说：

"依依，我对不起你！"

在他的抚摸下，依依张开了空洞无神的眼睛，漠然地望着他。他的泪水滴在她脸上，她寂然不为其所动。半晌，她做手势要纸笔，他递给了她，她在纸上潦草地写了几个斗大的字，就掷掉了笔，合目而卧。柳静言看那张纸上写的是：

"柳静言，我恨你，我恨透了你，但愿今生今世再也不见你！"

柳静言望着她，这原是个那么柔顺的女孩子！他站起身来，茫然地走出房间，走到花园里。幽径风寒，苍苔露冷，他一直站着，看着这古老的房子，这古老的家，古老的院落和古老的树木。在这房子里，有着仇视他的妻子，终身残疾的女儿，嫉恨他的妇人和强迫他生儿子的父亲！在这幢房子里，牺牲已经够多了！他对不起人，还是人对不起他？是他不对，还是命运不对？反正有什么东西不对！

天大亮了，曙光从树梢中透过来。他仰天大笑，然后走进房里，带了一个钱袋，离开了这幢有石狮子守着的大门。街上，一辆人力车拉了过来，他跨上车子，走了，没有人知道他到了何方。

三年后，依依收到柳静言一封信，地址是日本东京。

又过了三年后。

柳静言坐在他东京的住宅内，穿着和服，已习惯于盘膝坐在榻榻米上。在他旁边的榻榻米上，一个两岁大的男孩子正满地爬着玩。柳静言手中握着一沓信笺，沉思地、反复地翻阅着。

第一封信

静言夫君：

　　三年前不告而别，急煞家人，今日欣接来信，知君康健，阖府腾欢。老父近年来身患痰疾，时以独子远游为念。雪儿乖巧可爱，然亦知自身残疾，可怜可叹。三年来日日思维，深知君当日用心良苦，妾不察君心，未体君意，以致夫妇乖离，父子分散，实感愧无已。请君见谅，并可怜父老儿幼，早作归计，则妾不胜感激。客居在外，万请珍重！

依依手上

第二封信

静言：

接来信，知道你短期内无意回家。不知异国为客，生活习惯否？爹尚称健康，雪儿也好，请释念。家母三月前弃世，深思抚育之恩，未曾反哺一日，十分伤感。

雪儿已七岁，近闻有聋哑学校创办，拟送雪儿求学，然遭三位姨太驳斥。仍请早作归计，则是妾之幸，亦雪儿之幸。祝珍重！

依依手上

第三封信

静言：

回来好吗？我以前诸多不对，请你原谅，你不是无情寡义之人，想不会置我们母女于不顾。家中人口复杂，母女两人，身负残疾，生活至感困难，想你必能体会，请念往日恩情，早日归来。

近来每每深宵不寐，往事依依，如在目前，犹记得执手偎于窗畔，题诗"冬雷震震，夏雨雪"之事否？不知今日今时，"婉伸郎膝上，何处不可怜"者为阿谁？

思君念君，问君知否？

珍重珍重！

依依

第四封信

静言：

一年容易，今晚又是除夕了，还记得初婚第一个除夕，守岁至十二时之后，两人躲在卧室吃火爆栗子之事？

今晚，是谁在给你剥栗子呢？

家是这般可厌吗？还是有比家中一切力量更大的人羁绊着你？什么时候回来呢？记住："早晚下三巴，预将书报家。相迎不道远，直至长风沙。"祝好！

依依

第五封信

绿杨芳草长亭路，年少抛人容易去。楼头残梦五更钟，花底离愁三月雨。无情不似多情苦，一寸还成千万缕。天涯地角有穷时，只有相思无尽处。

第六封信

秋风清，秋月明，落叶聚还散，寒鸦栖复惊。相思相见知何日？此时此地难为情！

第七封信

静言：

爹的病不大好，请早日回家，我准备给你买一个姨太太，一定会让你满意。

雪儿想爸爸，回来吧，她总是你的骨肉，是吗？珍重！

依依

第八封信

爸爸：

妈妈想你，我也想你，你什么时候回来？给我带个洋娃娃，好不好？妈妈教我作诗画画，爸爸你回来了，我作诗画画给你看。恭请福安！

雪儿敬上

一声拉门的声音惊动了柳静言，他放下信笺。地下的孩子跳了起来，雀跃着跑到玄关去，嘴里嚷着：

"妈妈回来了！"

一个提着菜篮的、年轻的日本女人走了进来，梳着高髻，穿着和服，露着白皙的颈项。她看到柳静言在看信，就发出一声低喊，跑过去，坐在地下，把身子靠着柳静言，喊着说：

"你又在看那个女人的信了，你要回中国去吗？你不要回去，我肚里又有了！"

"别愁，"柳静言摸了摸那日本女人的肩，"绫子，我就是要回去，也要带你一起走！"

"可是不行呀，我不能跟你去的，我爸爸妈妈要靠我呀！"

"我们寄钱给他们。"

"不行不行，他们不肯的，我也不要到中国去！你不是真的要走吧？你是真的要走吗？"

"当然不是。"他安慰地说，望着绫子那对美丽的大眼睛，就为了这对眼睛，他喜欢了这个女孩子，这眼睛活似一个人：那个在北平古老的大宅子中的依依！在这一刹那，依依的影子如此鲜明，如此生动，好像就站在他的面前，清明如水的眼睛疑问地望着他，仿佛在问：

“你为什么不归来？为什么不归来？为什么不归来？”

柳静言离家十年了。

这天，一辆汽车停在柳家门口。一个风尘仆仆的中年男人下了车，在他身后，一个六岁大的男孩和一个三四岁的女孩跟了下来。这男人在那黑漆大门前足足站了三十秒钟，才回头对两个孩子说：

“小彬，小绫，跟我来！”

他一只手牵了一个孩子，走到门口，碰了碰那两个大的铜门环，两个孩子好奇地望着那守门的石狮子，女孩用柔柔软软的声音说：

“两个大狗！”

“不是狗！”男孩说，“是狮子！”

门开了。门里的守门老王呆了呆，大叫了起来：

“少爷呀！是少爷回来了！来人呀！少爷回来了！”老王一面叫，一面往回跑，扯开了喉咙喊，一时，下人们全拥了来。柳静言把两个孩子牵了进去，平静地和每个下人打招呼。三位姨太太现在只剩了两个。柳逸云已于一年前过世了。现在，大姨太和二姨太都闻风而来，二姨太尖叫着说：

“静言，真的是你回来了呀！”

大姨太则用非常好奇的眼光，打量着那两个孩子。柳静言对孩子们说：

“小彬，小绫，叫大姨奶奶、二姨奶奶！”

孩子们羞羞怯怯地叫了。大姨太说：

"噢，真可惜，我们老太爷没见到孙子，到底我们柳家有了孙子了呀！事先一点信都不给我们！"

突然，柳静言感到眼前一亮，一个十三四岁的少女娉娉婷婷地走了过来，垂着两条乌黑的大发辫，穿着一件月白绫子的旗袍，一对蓝水双瞳，眉目如画。一刹那间，柳静言以为是更年轻的依依，但，马上他明白了。他冲了过去，不能克制自己的冲动，喊了一声：

"雪儿！"

雪儿凝视着他，他用两手抓住了她的手，怜悯地、疼爱地看着这张美丽的脸，又轻轻地叫了一声：

"雪儿！"

雪儿望着父亲，然后垂下头去，找了一根树枝，在地下写：

"你是我的爸爸?"

柳静言点点头，雪儿又看了他好一会儿，然后写：

"爸爸，你想死我们了！"

写完，她丢掉树枝，满眶热泪地对父亲扫了一眼，就跑进去了。这会儿，下人们正把车子里的行李搬进来，又围着小彬、小绫问个不停。雪儿进去没多久，依依颤巍巍地来了，她站在那儿，笔直地看着柳静言。柳静言走过去，也默默地望着她。她十分憔悴，十分消瘦，唯一保持以前的美丽的，是那对眼睛，但是，由于盛载了过多和过久的忧愁，也失去了往日的光彩。在下人们的环视中，柳静言无法向依依表达他的心意，只能对她笑笑。招手叫过两个孩子，对孩子们说：

"这是妈妈。"

两个孩子以怀疑的眼光望着依依，小彬甩了甩头，傲然说："不是的，她不是妈妈！"

"叫妈妈！"柳静言命令着。

依依打量着两个孩子，然后询问地看了柳静言一眼，柳静言做了个手势，表示这是他的孩子。依依点点头，一只手牵了一个孩子，转身向里走。柳静言注意到她转头的那一刹那，已凝住了满眼泪水。他无法分析她流泪的原因，是因为高兴还是不高兴？

这天晚上，柳静言和依依在灯下有一番很长的笔谈。孩子们都睡了，夜静悄悄的。窗外，古老的花园里有月光，有虫鸣，有花影，有风声，这就是柳静言在国外十年中，几乎日日梦寐以求的环境。在这次笔谈中，柳静言告诉了依依他在国外的事，绫子的事。依依只写了一句：

"她很美吗？"

"是的。"柳静言写。

依依不再写，柳静言看着她，她的脸色木然，多年的折磨，好像已经训练得她喜怒不形于色了，他简直无法看出她心中在想什么。他写：

"依依，这么多年，你过得好吗？我十分想你！"

"是吗？"这两个字写得很大，"真的想我吗？"她笑了笑，笑得非常飘忽，非常傲岸。然后写："喜笑悲哀都是假，贪求思慕总因痴。想我吗？真的呢？假的呢？是真的，何必想呢？是假的，又何必骗我呢？要知道，我已不是当年的依依，你使我勘破情关，人生不过如此！想也罢，不想也罢，真也罢，假也罢，回来也罢，不回来也罢！我给你写过十封信，当第十封信唤不回你，我的情也就用完了！你懂了吗？"

柳静言为之骇然，这一段话对他像一把利刃，说明了他的无情。如今，他回来了，他又有什么资格向依依再要她的感情？依依站起身来，匆匆写了两句：

"我已经收拾好你的卧房，让翠玉带你去睡，翠玉原是为你准备的，你如要她，仍可收房。"

写完，就拍手叫进一个眉清目秀的丫头来，打了手语，要那丫头带他出去。他不动，定定地望着依依，然后写下几个字：

"在国外十年，朝思暮想，无一日忘你，今日归来，你竟忍心如此！"

"若真心念我，请在以后的岁月里，善待雪儿！此女秉性忠厚，温柔宁静，才华洋溢，皆远胜我当年。可惜数年前送学校受阻，否则今日，或者可以说话了。你既归来，我的责任已了，但愿能好好休息一段时间。"

这些话，柳静言感到有点像遗嘱，一阵不祥的感觉笼罩了他。依依的神情冷漠，态度飘忽，使他无法看透她，但他知道，没有言语能使她动心了。站起身来，他跟着翠玉走出了房间。

回家一星期了，他发现依依在躲避他，相反地，雪儿却经常跟在他身后。一天，他和雪儿笔谈，他写：

"妈妈在恨我吗？"

"不，她爱你。"雪儿坦白地写，"小彬和小绫使她难过，她嫉妒他们的妈妈！"

"是吗？"

"就会过去的，爸爸，妈妈只是生你气，几天之后就会好了。"

但，几天之后并没有好。一个月之后，依依病了，卧床三天，不食不动，群医束手，不知道是什么病，只说体质孱弱，虚亏已久，郁结于心，恐怕不治。第三天晚上，她把雪儿叫去，不知谈了些什么。第四天清晨，在柳静言的注视下，溘然而逝。临死曾目注柳静言，似乎有所欲言，但，她终生都没有说过话，最后，她依然无法说出心里的话，带着满心灵的创伤，默默地去了。死时才刚满三十五岁。

依依死后，柳静言十分消极颓丧。没多久，他就发现自己很依靠雪儿，他的饮食起居、日常用品，全是雪儿料理。他没想到的，雪儿代他想到。天冷了，雪儿为他裁冬衣，天热了，雪儿为他制夏装。她不但照顾父亲，也照顾两个小弟妹。日子在雪儿的照顾和柳静言的消极下，平静地滑过去。

这天，柳静言在书房里，发现他的一双小儿女正拥抱着哭泣，这使他大大地震惊。他揽过他们来，问：

"怎么回事？"

"我要妈妈。"小绫说。

"爸爸，我们回日本好吗？"小彬说。

"怎么了？在这里不好吗？"

"他们叫我们小杂种！"小彬说，"还叫我们东洋鬼，爸爸，什么是小杂种？什么是东洋鬼？"

柳静言愣住了，顿时浑身冒冷汗，他生气地说：

"谁叫你们小杂种？"

"所有的人，"小彬说，"只有哑巴姐姐不叫。"

"我会去骂他们，以后不会有人叫你们小杂种了。"柳静言说，安慰地抱着他心爱的两个孩子。

这一年北平城有个十分轰动的画展，开画展的是个很年轻的女孩子，刚满十七岁，一个小小的混血女郎，名叫柳绫。和柳绫的画同时展出的，还有她姐姐柳瑞雪的十幅画，柳绫画的是没骨花卉，柳瑞雪则是工笔花卉，格调用笔完全不同，却各有千秋。一时，成了一般人谈论的物件，柳家两姐妹，被誉为柳氏双英。

画展的成功，成了柳家的一大喜事。柳静言心满意足，整日和两个女儿谈天画画，生活也还平静自得。可是，这年正是抗日的高潮，七七事变一发生，战云密布，人心惶惶。这天，读大学的柳彬气冲冲地跑了进来，把一张报纸丢在桌上，柳静言拿起来一看，有一段消息的标题是：

论才女柳绫的血统——
日本艺伎之女，何容我等赞扬？

底下是一段内幕报道，略谓柳绫是一个中国世家子和日本艺伎的私生女，对社会恭维柳绫大加抨击。柳静言放下报纸，长叹一声，柳彬昂了一下头，大声说：

"爸爸，我们到底是日本人还是中国人？"

"当然是中国人。"

"可是，学校里的同学叫我日本人，要抗我！家里那两个老东西叫我杂种，甚至说我不是柳家的人，出身不明，要来冒承柳家的财产……爸爸，这种生活我受不了！"

"这是我造的孽。"柳静言黯然说。心中无限惨然，他对这个世界觉得不解，对生命感到茫然。雪儿年已三十，只为了是哑巴，就只有让青春虚度。剩下的两个正常孩子，又出了新的问题，早知如此，为什么要制造生命呢？

"爸爸，"柳彬说，"妈妈是个艺伎吗？"

"是的。"柳静言点点头，"是个非常好的女人。"

"爸爸，什么是好？什么是坏？什么是对？什么是错？爸爸，我不能忍受了！你救救小绫，不要让报纸再写下去！这世界是乱七八糟的！人生的问题也是乱七八糟的！我反而羡慕姐姐，平静，安详，与世无争，她是个幸福的人！"

"她有她的不幸。"柳静言说，"孩子，记住，你要控制住你的命运，不要让命运控制你！我的一生，就受尽命运的播弄，造成一个又一个的悲剧！孩子，好自为之！"

第二天，柳彬留书出走了，书上只有两句话：

爸爸，我去创造我的天下去了。

儿留

柳静言已经是个老人了，独子出走，似乎在他意料之中。

但，那份寂寞和哀愁，却非外人所了解。半年后，他的小女儿柳绫和一个艺术家相偕私奔，那艺术家丢下了他的妻子，小绫丢下了她的老父，天涯海角，不知所终。这件事严重地打击了柳静言，一夜之间，他须发皆白。

在那幢古老的房子里，死的死了，走的走了。日月依然无声无息地滑着，人事却几经变幻！柳静言老了，日日坐在书房中发呆，伴着他的，只有那个从不说话的雪儿。她沉默地侍候着父亲，生活起居，一切一切。没有怨恨，没有厌烦。宁静，安详，好像这就是她的命运、她的责任和她的世界。

这天晚上，雪儿给父亲捧来一碗参汤。柳静言望着雪儿，这孩子长得真像她的母亲！一刹那间，他强烈地思念起依依来，那些和依依生活的片段，都恢复到他的脑中。洞房中，初揭喜帕后的乍惊乍喜，镜前描眉，窗下依偎，雪儿诞生，以及他强迫她堕胎……种种，种种，依然如此清晰，恍如昨日。他站起身来，踱到窗前，不禁朗吟起苏轼的悼亡之句：

> 十年生死两茫茫，不思量，自难忘。千里孤
> 坟，无处话凄凉。纵使相逢应不识，尘满面，鬓
> 如霜。……

叹了一口气，他回过头来，一眼看到雪儿站在桌前，正在为他整理桌上的书本和笔墨。他想起依依、绫子、小彬、小绫，这些亲爱的人，都已经离开了他。有的，已在另一个世界，还有的，却在世界的彼端。遗给他的，只有属于一个

老人的东西：空虚、寂寞和回忆。可是，雪儿却伴着他，这可怜的哑巴女儿！难道她不感到空虚，不叹息青春虚度？走到桌前，他提笔写：

"雪儿，你陪着我，守在这个老宅子里不觉得生活太单调了吗？爸爸对不起你，应该给你配门亲事的。"

雪儿静静地看着这两行字，然后，她抬起头来，大眼睛清澈如水，对父亲柔和地看了好一会儿。然后，她坐下来，提起笔写：

"爸爸，记得妈妈临终的那晚吗？她曾经叫我去，我们一半用手语，一半用笔谈，她对我讲了许多话。她告诉我，要我终身不嫁。她说，我必须屈服于自己是个哑巴的命运，如果我结婚，只有两种可能，一是嫁了个有情有义的人，就像妈妈碰到你。结果如何呢？弄得双方痛苦，夫妇分离。一是嫁了个无情无义的，那么，后果就更不堪设想了。而且，妈妈说，有一天，你会非常寂寞，她要我在她的床前发誓，终身不离开你。我发了誓。爸爸，妈妈早就知道会有今天的，她一定有一种能知未来的本能，知道弟妹们会离开你，知道你会需要我。爸爸，我何必嫁呢？我满足我的生活，照应你，像妈妈所期望的，我会感觉到妈妈也和我们在一起。你、妈妈，和我。这是你离开十年中，妈妈天天祈求的日子。"

雪儿放下笔，仰脸望着柳静言，她嘴边有个宁静的微笑，但眼睛中却含满了泪水。柳静言扶着桌子，望着雪儿写的这一番话，他泪眼模糊，心里在反复叫着：

"依依！依依！依依！"

他一直以为依依到临死还恨他，殊不知她已为他安排到几十年之后！在她嫁给他的十五年中，他给了她些什么？十年的独守空帏，十年的刻骨相思。她写信求他回去，但他却流连于日本，流连于另一个女人的怀里。而她，给了他她整个的生命，整个的感情，临走，还为他留下了一个雪儿。

"依依！依依！依依！"

他叫着，踉跄地奔到窗前，仿佛以为依依的幽灵会在窗外。依依临终前那段时间的冷淡犹铭刻心中，是的，她怨他为了另一个女人不回来。可是，她咽气前那一刹那，曾有所欲言，难道是要告诉他，她已原谅了他？她爱他？

"依依！"

他叫，但窗外没有依依的影子，这是深秋时分，园中月光凄白，落叶满地。他想起依依以前寄给他的词：

秋风清，秋月明，

落叶聚还散，

寒鸦栖复惊。

相思相见知何日？.

此时此地难为情！

好了，第二个梦已经完了。

夜深了，风大了。老人结束了他的第二个梦，少女仰起脸来，意犹未尽地望着老人。

"后来呢?"她问,"后来怎么样了?"

"后来,"老人空虚地笑笑,"没有人知道后来怎么样了。"他站起身来,拍拍少女的头:"起来吧,小纹,夜深了,该去睡了。明天晚上,我再告诉你第三个梦。"

第三个梦

三朵花

一九三八年，重庆。

黄昏，街道上拥挤着熙来攘往的人群。

三个穿着旗袍的少女，腋下夹着书本，并排从人行道上走过去。一群青年学生和她们擦肩而过，不由自主地，好几个人都站住脚，回头对她们再看上一两眼。

"章家的三朵花。"一个瘦瘦长长的学生说。

"三朵花？"一个眉目英挺的青年疑问地说。

"你真是新来的，连三朵花都不知道，你问问重庆每一个大学生，看有没有人不知道三朵花的！"另一个笑着说。

"到底怎么回事？"那英挺的青年问。

"告诉你吧，那是三姐妹，都是重庆大学的学生，重大学生称她们为三朵花。老大是一朵莲花，清香，雅丽，可是长在水中，采不到手，要采它就得栽进水里去。老二是一朵木棉花，红艳，脱俗，可是，高高地长在枝头，没有人采得到它。老三是一朵玫瑰花，最美，最香，最甜，可是，刺太多，会扎手！"瘦子说。

"哈！有意思！"那漂亮的青年说，"她们叫什么名字？"

"怎么，你有胆量去碰钉子吗？那你就试试看，包管你碰得头破血流！老大叫章念琦，老二叫章念瑜，老三叫章念琛。老大在历史系三年级，老二是物理系三年级，老三是外语系，才一年级。"

"你知道得真清楚！"

"谁不知道她们三姐妹！"

"唔，三朵花，我就不相信这三朵花是采不下来的！除非她们不是女人！"

"她们是女人，但不是凡人！"一个戴眼镜的学生老气横秋地说，"她们是奇异的、反常的、超俗的。但是，我不知道她们的前面有什么，一切事物，如违背常情，都是不祥的！"

三姐妹停在家门口。

章念琛打了打门，扬着声音叫：

"周妈，开门啦！"

门开了，三姐妹鱼贯而入，老大章念琦望着周妈，那是她们家的老用人，在她们家里工作已经二十年了，虽然头发斑白，却精神矍铄。章念琦抬抬眉毛问：

"妈在做什么？"

"画画。"周妈说，微笑着，"画得才起劲呢！"

"妈都快五十了，还这么努力，我希望能有妈的用功精神!"章念瑜说,脸色显得庄严肃穆。

"二姐,你已经用功过度了,还嫌不够呢,"章念琛说,"当心变个大近视眼!"

"近视眼又有什么关系?只要真能念出点成绩来,为女人争口气,也为妈争口气。"

"二姐的志愿最大了,想拿诺贝尔奖奖金?"

"就是想拿诺贝尔奖奖金又怎么样?小妹,我告诉你,学问比什么都重要,人生唯一靠得住的东西,就是学问。只是人生太短暂了,真不知穷我这一生,可以念多少书!"

"生也有涯,学也无涯,"章念琦笑着说,"以有限的生命,追求无穷的学问,我怎能懈怠一分一秒?放松一丝一毫呢?"这几句话原是章念瑜的口头语,章念琦用来取笑章念瑜的。

"真的是这样。"章念瑜严肃地说。

"二姐的个性最像妈,"章念琛说,"将来一定会成功的。"

三姐妹走进了屋里,这幢房子不大,一共只有五大间、一小间。姐妹三人一人一间,剩下的是一间客厅和一间章老太太的房间。周妈住那个小间。一家主仆五人,全是女性。姐妹们穿过中间作客厅用的堂屋,一窝蜂拥进了章老太太的房间。章老太太年龄并不太大,但看起来却十分苍老,有一对年轻时一定很美丽的眼睛,如今显得深沉冷漠和严肃,高鼻子,尖下巴,一目了然是个个性坚强、精明干练的女人。她正倚案画画,女儿们进来后,她抬了抬头说:

"在院子里谈些什么?"

"谈念书，谈前途，谈诺贝尔奖奖金。"章念琛说。

"唔，"老太太望了章念琛一眼，"琛儿太浮，要多跟二姐学学。"

章念琦走到母亲桌子旁边，看章老太太的画，叫着说：

"妈，你画的这个丑八怪是什么东西？"

"这画的是钟馗捉鬼。"章老太太说。

"妈怎么想起画钟馗捉鬼来的？"章念琛问，和章念瑜一起围到桌子旁边去看。章念瑜皱着眉：

"妈，这个被钟馗捉住的小鬼好面熟哦，这是一个什么鬼呀？我没看过钟馗捉鬼传。"

"这个鬼在钟馗捉鬼传里没有的，"老太太沉着脸说，"这是负心鬼！薄情鬼！忘恩负义鬼！"

"哦，"章念琦恍然大悟地说，"你画的是爸爸，怪不得我觉得面熟呢！"

"爸爸？"老太太厉声说，"谁是你爸爸？"

"我是……"章念琦嗫嚅地说，"你画的是那个混账男人！那个丢开我们母女四人于不顾的混账男人！"

"这还差不多，"老太太说，严厉地看着三个女儿，"记住！你们没有父亲！你们没有父亲！你们由我一手带大，让你们读书、受教育，你们的母亲是我！父亲也是我！"

"是的，妈妈，"章念瑜说，"妈，你放心，我们绝不会辜负你的苦心。"

章老太太的脸变得柔和了，她慈爱地环视着三个女儿，放下了画笔，在椅子里坐下来，伤感而恳切地说：

"不要忘了，世界上的男人，没有一个靠得住的，没有一个不把女人当玩物，你们三个，千万别步上我的后尘！不要理男人，不要相信他们的花言巧语，不要受他们伪装的面目所欺骗！记住，他们说爱你，在你面前装疯装死，全是要把你弄到手的手段！男人全是一群魔鬼！等到玩弄够了，他们会毫无情义地甩掉你！……你们都大了，长得又好，现在已都成了男人的猎物，你们记住，要机警，要理智，千万别上那些臭男人的当！"

"妈妈，你放心好了，"章念琛说，"谁敢惹我，我一定给他点颜色看！"

"男人，"章念瑜说，"我就从来没有正眼看过他们一眼，我的时间，念书还来不及呢！"

"妈，打我们念头的人才是傻瓜呢，"章念琦说，"我们有的是摆脱他们的办法，现在，他们早就不敢来惹我们了，他们已经领教我们不好惹了。"

"好的，"老太太点点头，笑了，"我相信你们都是很聪明的。把书念好，要靠自己，不要靠男人！永远不要恋爱，不要结婚，做个新时代的新女性。男人，是一群最自私、最可怕、最恶毒的魔鬼！"

雾，弥漫在四处，浓得散不开。

章念琦匆匆地向校门口跑，她最怕碰到这种大雾的天气，街上，车子开得那么慢，人在三尺以外就看不清楚了。好不容易到了学校，已经注定迟到了。学校在沙坪坝，距家有一大段路，要坐公共汽车，真是够麻烦。走进校门，她加快了步子，猛然撞到一个人身上，书本散了一地，她收住脚，站定了。对面那个人在雾蒙蒙中站着，有点惊讶、有点惶惑地望着她。

"章念琦，是你！"他说。

"你走路怎么走的？"章念琦说，事实上，她明白多半是自己的错。这个男人皱了皱眉毛，似笑非笑看着她，她觉得他那对眼睛也是雾蒙蒙的，看得人心里不舒服。他个子瘦而高，眉目清秀，一袭蓝布长衫，潇潇洒洒。这是国文系四年级的杨荫，她认识他，还是因为他曾在壁报上写过一篇论诗词歌赋的文章，使她震惊于他的才气。但是，其他方面，她对他毫无兴趣，平常见了面，点个头而已。

"我根本没有走路，"杨荫慢吞吞地说，"我是站在这儿看雾。"

"那么，你不应该站在通路上看雾。"

"可是，"杨荫望着她，又皱了一下眉，一脸的啼笑皆非，"我以为这里不是通路。"

她四面一看，可不是吗，这儿是教室前面的树荫下，平常，大家都在这树荫下休息的。她看看他，不由自主地笑了起来，杨荫也笑了。她蹲下身子去捡书本，他也蹲下身去帮她捡，书本捡好了，他把他手里的那一沓递给她，她接了过来，情不自禁地望着他。他的笑容收敛了，他的眼睛里有一种迷茫的、荡人心魂的地方，于是，她怔住了。他们对视了四五秒钟，她才猛然低下头去，把书本整理了一下，站起身来，匆匆忙忙地说了一声：

"谢谢你。"

就转过身子，像逃避瘟疫一样跑开了。跑了老远，她再回头来，在雾中，她可以辨出他瘦长的影子正缥缥缈缈地浮在雾里，模模糊糊，朦朦胧胧。她站住，把手压在跳得十分不稳定的心脏上。

我今天中了邪了。她想，向前面走去。

第二天下午，她下了课，单独走出校门，这天，章念瑜和章念琛都没课，她也只有一节，时间还早，校门口一片耀眼的阳光。她才走出校门，一袭蓝布长衫拦住了她的去路。她抬起头来，接触到杨荫那对若有所思的眼睛，她感到心中一阵莫名其妙的激荡，顿时沉下脸来。

"你干什么？"她问，盛气凌人地。

他望着她，有点错愕。

"到校门口茶馆去坐坐，怎样？"他问，毫不在意地，自自然然地。

"没那个雅兴！"她冷冰冰地说，越过杨荫，昂着头向前面走去。才走了几步，杨荫赶了上来，那袭蓝布长衫再度拦在她的面前。

"别忙！"他说，盯着她。"我得罪了你？"他问，带着固执的、倔强的、被刺伤的神情。

"没有，"她傲然说，"只是，你找错物件了。"

她又想往前走，但他拦在那儿，像一座移不动的山，他的眼睛狠狠盯着她。

"是吗？章小姐？"他说，"不过，我要告诉你，我对你没有一丝一毫恶意，请别太高估了自己，也别太低估了别人，请吧！小姐。"

他让过身子，大踏步走进学校。她却愣在那儿，足足站了半分钟。

第三天，她在校中碰到杨荫，远远地，他就避开了。没有点头，没有说话，她感到一阵说不出的、怅然若失的感觉。

第四天，一天没碰到杨荫，好像有点异样，日子是烦躁的、讨厌的、难挨的。

这天晚上，章念琦到章念瑜的房里去，后者正埋在一大堆书本中，忙碌地做着笔记。章念琦默默地站了一会儿，才喊了一声：

"念瑜！"

"什么？"章念瑜头也不抬地问，在书本上用红笔勾了一大段，章念琦等她勾完，才说：

"放下书，我们去看场电影，怎样？"

"胡闹！"章念瑜说，沉吟地望着书本，忽然摇摇头说，"参考书不够，明天还要到图书馆去借两本。"

"书呆子！"章念琦没好气地说。

"别闹我，大姐。"章念瑜说，"我今天晚上一定要把《电学》这一章弄弄清楚。"

"书里到底有什么？你看得这么起劲？"

章念瑜抬头看看姐姐，皱皱眉。

"有前途，有生命，有快乐，有一切一切！"门口传来一个清脆的声音，是章念琛。她跑了进来，一把拉住章念琦说：

"大姐，你就别去闹这个书蛀虫吧！人不该剥夺他人的快乐，你要看电影，我陪你一起去。"

姐妹俩走出了家门，章念琛说：

"大姐，我要问你，这两天你魂不守舍，可别被什么混账男人引动了心！"

"胡说八道！"章念琦懊恼地说。

"大姐，我今天收到一封情书，就是我们系里那个外号叫黑人的家伙写的，他说我再不理他，他就要从临江路跳进嘉陵江里去。你看，男人真像妈说的，既下作又装腔！为了骗女人，什么话都写得出来！你猜我怎么办，我把他那封伟大的情书在教室里朗读一遍，然后冲着他说：'我到下辈子也不会理你，要跳嘉陵江，现在就去跳吧！'结果，全班哄然大笑，他也没跳嘉陵江。"

"你做得也太过火了，"章念琦说，"做人，总得给别人留点面子。"

"留面子？给男人留面子？哎呀呀，好姐姐，你别真的被男人蛊惑了，妈是我们的好榜样，男人是女人的敌人，对男人没有面子好讲的！"

她们看了一场电影，是轰动一时的《铸情》，瑙玛·希拉和李思廉·霍华主演的，也就是莎士比亚的名著《罗密欧与朱丽叶》。瑙玛·希拉美得出奇，演来生动婉转，荡气回肠。最后殉情一幕，动人已极，博得满院唏嘘。从电影院里出来，姐妹两个都十分沉默。夜深了，两人安步当车向家里走，章念琦说：

"像《铸情》这种事，是真的有吗？"

"小说而已！"章念琛说，"不过，罗密欧痴得蛮可爱，我就不相信世界上会有罗密欧这种人！"

"假若有呢？"章念琦沉思地问。

"大概你会爱上他吧！"章念琛取笑地说。

回到家里，已快十二点了，章老太太正十分不安地等着她们，看到她们回来，就以严峻的眼光看着她们，非常不高兴地说：

"看什么电影？看得这么晚？"

"《铸情》。"章念琛说。

"这是个什么电影？"章老太太皱着眉问。

"一个恋爱片。"章念琛说着，把故事大略讲了一讲。章老太太紧锁着眉，点点头说：

"就是这些搂搂抱抱的外国片子，把女孩子都勾引坏了。哼，自古来，殉情的女人倒是不少，殉情的男人有几个？这种电影全是骗人的！男人！男人！男人！没有一个是有情感的，全是些野兽！孩子们，注意注意，千万别上男人的当呀！"

"妈，你放心好了，"章念琛说，"我们绝不会掉进男人的圈套里去的。"

"去睡吧！"老太太说，"天不早了！"她的目光停留在章念琦脸上："琦儿，有什么事吗？"

"什么都没有。"章念琦匆忙地说。

"那么，去睡吧！"姐妹俩经过章念瑜的房间时，里面灯火光明，章念琛推开门，探了探头：

"书蛀虫！别看了，当心明天早上又喊头痛！"

"别吵，"章念瑜头也不抬地说，"我快要研究出结果来了，不能放手。"

"真是书呆子！"章念琦说，和章念琛相对笑笑，摇摇头。

章念琦坐在校园的浓荫之中，膝上放着本《通史》，眼光却茫然地仰视着树梢上颤动的树叶。四周静悄悄的，没有一个人，也没有一点声音。章念琦出神地想着，想得那么出神，以至于没有听到走近的脚步声，直到一个人影在她面前摇晃，她才吃了一惊，看清了来人是谁，她不禁轻轻地惊喊了一声：

"啊！"

那个男人显然也吃了一惊，并没有料到这树荫中会有人坐着。他呆了一呆，就对她微微地颔了颔首：

"对不起，打扰了你。"他说，转过身子要走开。但，只走了两步，他停住了，回过头来看着她，他的眼睛显得深思而迷惑。然后，他又走了回来，在草地上坐下来，用手抱住膝，深深地望着她。她脸红、心跳、神魂不定。一种类似喜悦和期待的情绪控制了她，与这情绪同时俱来的，是紧张、不安、恐惧。

"章念琦，"他轻声说，温柔地，宁静地，"你不要怕我，我不会伤害你。"

章念琦继续坐着，不动，也不说话，只犹豫地、定定地望着面前这个穿着蓝布长衫的男人。他的眼睛多柔和，如诗，如梦。为什么自己竟逃不开这个男人？

"章念琦，"杨荫微蹙着眉，研究地看着她，"你到底怕些什么？相信我，我没有恶意。"他叹了口气："你不知道，你像一只在雾里迷失的小兔子，我本想不管你，真的。可是，你是在迷失，你的眼睛茫然无助。我能不能帮助你？帮你找到你的方向。"

章念琦觉得她自己被催眠了，杨荫恳切的语气使她心惊肉跳。下意识中，她内心有个小声音在提醒自己："不要上他的当，不要上他的当！"但，她浑身无力，连运用思想的力气都没有，只能默默地看着面前这个男人。

"你在想些什么？"杨荫问，不解地看着她那对张皇失措的眼睛，"章念琦，告诉你，我并不可怕。你不能一辈子逃避现实，试试看，如果你愿意，我们可以好好地谈谈。"

章念琦瞿然而惊，她猛然打了个冷战，站起身子来喑哑地说：

"我们没有什么话好谈，再见！"

她仓皇地跑走，杨荫在她身后喊她：

"你忘了你的书！"

她站住，回过头来，杨荫拿着她的书走过去，停在她的面前，静静凝视着她。她忘了接书，仰着脸，迷惑地、茫然地、恐惧地站着。他伸出手，轻轻地放在她的面颊上。

"念琦，"他的声音低而柔，一直喊进了她的内心深处，"我爱你，许久许久了，你知道吗？"他的手指慢慢地从她的鼻梁上滑下去："不要躲避我，不要禁闭你自己。我爱你，爱是没有害的，相信我，我不会伤害你。别怕，别折磨你自己，行吗?"

她的腿发软,头发昏,眼光模糊,没来由的泪水模糊了她的视线,她的手无力地扶住了身边的树枝,费力地和自己挣扎。

"请你走开,让我一个人在这儿,"她颤抖着说,"请你走开!"

"念琦,"他喊,他的手拉住了她的,他的眼睛热烈明亮,"念琦,念琦!"他把她拉过来,她靠进他的怀里,感到他那男性的手臂那么有力地圈住了她。一瞬间,她觉得这儿才是她的世界,温馨、甜蜜。她的头倚在他的蓝布大褂上,可以听出他那不稳定的心跳。她抬起眼睛,立即看到他的眼睛,包含了那么多柔情、关怀和怜恤。她叹了口气,模糊地说:

"杨荫……"

杨荫用手托起她的下巴,把头俯了下去,章念琦望着他的脸对自己压下来,猛然惊喊一声,挣脱了他的怀抱,她似乎听到母亲在叫着:

"琦儿,琦儿!别步上我的后尘,逃开这个男人!"

她惊惶地看了杨荫一眼,掉转头,如飞地跑走了。跑了好远,她仍然无法抑制自己的心跳。茫茫然地,她走出校门,才发现自己依旧忘了书。不管书本,也没有等妹妹们下课,她一个人先回到家里,闩上了自己的房门,就倒在床上。可是,脑中反复出现的都是杨荫的脸,杨荫的眼睛,杨荫的声音。合上眼睛,她依然恍惚置身在杨荫的胳臂之中,醉醺醺,昏沉沉,那是一种她从来没感觉过的、浑然忘我的境界。

第二天杨荫把她的书送来了，没有和她交谈一语，只默默地看了她一眼就走开了。她打开书，里面夹着一张纸条，上面写着：

"当你找到你自己的时候，告诉我一声，我在这儿等待着。"

她反复地看着那张纸条，觉得自己真像只迷失的兔子，在大雾中奔跑，不知该跑向何方。

"帮助我！帮助我！帮助我！"她心中叫着，可是，她不知道自己在向谁祈求帮助，也不知祈求帮助自己些什么地方。

这天晚上，章念琦在厨房里帮周妈剥豆子，她坐在门口的小凳子上，把头靠在门上，寥落而忧郁。半天之后，她说：

"周妈，告诉我，妈妈和爸爸到底是怎么回事？"

周妈望了章念琦一眼，诧异地说：

"大小姐怎么想起这个来？"

"你说说看，我想知道情形。"

"我知道得也不清楚，"周妈皱皱眉，"我到你家来的时候，老爷和太太已经结婚三年了。好像老爷原是太太家里的远亲，他们私自有了交情，老爷太穷，太太家里不允婚。太太就拿了一个小包袱，带了一些首饰，和老爷跑到四川来结了婚，然后先后生了你们。老爷又考取了出国留学，太太凑了钱给他作旅费，他到了法国，三年后，娶了一个女留学生回来，和太太离婚了。"

"你知道爸爸现在哪里？"

"大概在南京。小姐，你可别在太太面前提，当心太太生气。老爷从外国回来后，我是看得清清楚楚的，太太求过他，哭过，甚至跪在地下，要他摆脱那个女的回来，老爷死也不动心，唉！男人心，真没办法说啦！怪不得你妈妈提起来就恨得牙痒痒的。"

"所有的男人都是这样吗？"章念琦锁着眉问。

"这个，我可不知道，还不都是半斤八两，全是些馋猫，沾不得一点儿腥，我家那个，就断送在一个窑姐儿身上。唉，别说了，这些事小姐面前讲不得的！"

章念琦站起身来，到屋里去，章念瑜依然埋在书本里。"念瑜怎么能毫不动心呢？"她想，"为什么我就会被那个该死的杨荫所打动！"走进了自己的房间，她一眼看到章念琛正坐在她的床上发呆。

"小妹，有什么事吗？"

"没有，"章念琛皱皱眉，显然还是有事，她沉思了一会儿说，"大姐，那个国文系的杨荫是不是在追你？"

"怎么？"章念琦吃了一惊。

"今天下午你早早地就走了，学校里发生一件事，你知不知道？"

"什么事？"

"杨荫和那个地理系的唐众民打了一架，据说，是为了我们。"

"怎么回事？"章念琦不由自主地紧张了起来。

"大概唐众民当众大骂三朵花，你知道唐众民追二姐碰钉子的事，今天下午在礼堂里和好多人说，三朵花臭美，又是什么外表圣洁，肚子里脏透了，还有许多脏话，夹了许多谣言，乱说一通。刚好杨荫也在礼堂看书，走过去一句话都没说，就对唐众民挥了一拳头，然后就打了起来。我真看不出杨荫那么文质彬彬的居然也会打人！"

"后来怎样？"章念琦急急地问。

"后来？当然杨荫吃亏啰，他又不是打架的料，唐众民那么个大块头，杨荫哪里是对手。"

"他受伤了？"章念琦问。

"我哪里知道，我又没去看，"章念琛皱皱眉，"八成是受了伤，因为他们说他流了血。"

章念琦"啊"了一声，转头就向外面跑，章念琛在她后面叫："你到哪里去？"

章念琦头也不回地跑出去了，到了大街上，才觉得自己太鲁莽，又不知道杨荫住在哪儿，到什么地方去找呢？在大街上转了几圈，才想起一个办法来，她打电话到一个女同学家里去问，那个同学又帮她打电话出去问，终于打听出杨荫住在半山。坐了滑竿，找了好久，才算找到了。这是个大杂院，杨家只住了三间房子，十分简陋。当她终于站在杨家的客厅中时，她只觉得耳热心跳，一个老妇人受宠若惊地接待她，用四川话问：

"请问找哪一个？"

"杨荫是不是住在这儿？"

没等得及老妇人回答，杨荫从里面蹿了出来，怔怔地站在门口望着她。他鼻青脸肿，额上裹着纱布，还透着殷红的血迹，一副狼狈的样子，章念琦凝视他，慢慢地走了过去，然后停住，他们就这样对望着，好半天，杨荫让开了拦着的门，示意她进去，她走了进去，杨荫关上了房门。

"没想到你来，屋里乱极了。"他说。

屋里并不乱，简陋，但很整洁。

她望着他，不说话。

"坐吧！"他推了一张椅子给她。

她没有坐。

"杨荫！"她低喊。

他震撼地凝视她。

"痛吗？"她问。

"不。"

"为什么要和他打？"

"不知道。"

"杨荫！"

"念琦！"

她倒进了他的怀里，他灼热的嘴唇印在她的唇上，是个忙乱、慌张而甜蜜的吻。

她知道她不再迷失了，她知道她无从逃避了，哪怕这个男人是条毒蛇，她也再无力于回避了。沉溺于酒的人宁愿醉死，不愿意枯死，她也如此。如果他有一天会负心，最起码，她有他不负心的这一刻！够了！何必多所渴求？何必去追问那渺不可知的未来？但是，但是……但是如果有一天，他抛弃了她，怀里再拥抱上另一个女人——这是无法忍受的！他的脸贴着她的，她的嘴碰到他耳边的纱布，她用手抚摸他额上的绷带，弄痛了他，他咬咬牙，摆了摆头，她问：

"很痛？"

"很甜。"他说。

"真爱我？"她问。

"你还怀疑？"

"永远？"

"到死，不行，死了还有下辈子，下辈子还有下辈子……到无穷的永远。"

"不改变？"她问。他把她的手放在他的心上，他的心沉重地跳着。他把头往后靠，拉开她的脸，注视着她的眼睛。

"念琦，"他严肃地说，"我的心在这儿，我的人在这儿，你信任我，我永不改变！我爱你，爱你！"

傻话！所有情人的话都是傻话，可是，所有的情人都喜欢听它！章念琦合上眼睛，有笑，有泪，有欢乐和解脱。她喃喃地说：

"再讲一遍。"

他再讲一遍。她皱皱眉，笑笑："再说一遍。"

他再说一遍。

"一直说！一直说！不要停止！"她叫。

他捧住她的脸。"傻孩子！"他说，"傻得要命！傻得滑稽！傻得可爱！"他的嘴唇碰着她的。

章老太太望着章念琦，手哆哆嗦嗦地握着茶杯，眼光悲哀而失望。

"琦儿，琦儿！"她摇头，"你完了！当一个男人攻进你的心里，你就完了！"她颓然地用手抵住额角："可怜我教育了你这么多年，一手抚养你长大。男人，男人！全是魔鬼！琦儿哦琦儿！这么多年，我告诉你要回避他们，告诉你要防备他们……"

"哦，妈妈，"章念琦苦恼地说，"杨荫不会变心的，你见了他就知道，妈妈，我不能不爱他。他会待我好的，他不会和爸爸一样，我是说，和那个混账男人一样！"

"男人全是一样的！"老太太斩钉截铁地说，"你一定要走到我的地步，才会承认我的话。好吧，你既然爱上了他，什么话都没有用了，你去爱吧，去受伤，去流血……哦，我可怜的孩子！"

"妈妈！"章念琦叹口气，求助地望着坐在一边的两个妹妹，但，章念瑜和章念琛都愣愣地坐着，一语不发。她哀求地看着母亲："妈，我只是恋爱了，并没有……"

"恋爱，"老太太凄怆地说，"恋爱了，也就是毁灭了！"她对女儿们挥挥手："好吧！你们都走，让我自己想一想。"

"妈，"章念瑜跑过去，拥抱了母亲一下，"我永不恋爱，我会努力读书，给你争最大的荣誉！"

三个女儿默默地退出了老太太的房间，章念瑜望望章念琦，摇摇头说：

"大姐，你怎么会爱上他呢？爱上一个臭男人！"

"你不懂！"章念琦苦恼地说，"你这个书呆子，你只知道这个定律，那个原理，你不晓得感情是没有定律法则可讲的，一经发生，就无法阻遏。你这个书蛀虫！等有一天，你也恋爱了，我再来看你神气！"

"我永不会恋爱！"章念瑜冷静地走进了她自己的房间说，打开台灯，立即摊开了桌上的书本。

章念琛跟着章念琦走进姐姐的房里，悄悄地说：

"大姐，你怎么知道你自己爱上了他？"

"你的话问得多滑稽！"章念琦说。

"爱情到底是什么东西？你怎么知道你对他的感情是爱情，而不是其他的感情？不是像我们姐妹这样的感情？不是像我爱小猫咪那样的感情呢？"

章念琦看看章念琛。

"我无法解释，"她说，"当爱情来临的时候，你就会知道那是爱情。小妹，离开了你，我可以照样生活，你失去了小猫咪，也可以照样生活，但是，如果我没有了杨荫，我宁愿死！"

章念琛瞪大了眼睛，惊恐地看着章念琦。

"那么，"她嗫嚅地说，"大姐，如果杨荫变了心……"

"假如他真的会变了心，"章念琦瞪视着窗外黑暗的长空，"我就杀了他，或者杀掉我自己！"

章念琛一唬就跳了起来，紧紧地抱着章念琦：

"你不要，姐姐，那你还是别恋爱吧！"她恐怖地说："妈妈说的，没有一个男人会不变心的！"

"傻小妹，"章念琦笑笑，"或者有一个会不变心，就是杨荫。"

章念琦和杨荫的恋爱新闻传遍了全校。

"三朵花是无法攀折"的观念在一般男学生心中动摇，因此三朵花中的另两朵，开始受到猛烈的围攻。章念瑜像个石膏像，一切信件、约会，她全置之不理，她的世界在书本里，终日手不释卷，所有的情书皆如石沉大海。事实上，那些信件她连拆封都没拆过，理由是：没时间。所有的邀约，所得到的答复也是：没时间！

章念琛和她二姐的作风完全不同，她拆每封信，拒绝每个约会。拆了信之后，第二天不是当众朗读，就是把信对那个写信的人扔过去，一面大声说：

"大头鬼，你的信是不是从情书大全里抄来的？"

"瘦子，你信里写了三个白字！"

"诗人，这首诗太肉麻了，最好重作一遍！"

每次总是弄得那些写信的男孩子窘透。可是，奇怪的是，那些碰了钉子的男孩子却从不灰心，总是要继续去碰。但，章念琛这种不留情面的作风却得罪了班上一个名叫徐立群的男学生。徐立群是外语系的高才生，平日埋头读书，从不追求女孩子，超拔英挺，皮肤黝黑，有点像电影明星彼得·劳福德。

这天，章念琛刚到学校，徐立群就当着全班同学，递给她一封信。她不禁大为惊讶，接着，一种女性的骄傲就统治了她，没想到，连超然的徐立群，居然也会给她写情书！她望望信封，正是当时最流行的浅蓝色信封，学生专门用来写情书的。好，她早已看不惯徐立群那种"全天下不足以动我"

的骄傲劲儿，这下子正好借此机会打击他一下。何况，全班的同学都以好奇的眼光看着她，看她如何处置这封信。于是，她挑挑眉毛，拆开信，抽出那张折叠得十分整齐的信笺，傲然说：

"谁有兴趣知道我们班上的圣人写些什么？"接着，就朗声宣读了起来：

亲爱的小姐：

当你收到我这封信的时候，请别认为我冒昧；当你看完我这封信时，也千万别认为我无礼，因为，对你"有礼"的人已经太多，轮到我的时候，只好脱俗一下了。

在重大你算是鼎鼎大名的人物，提起"玫瑰花"章念琛，几乎无人不知，无人不晓。可是小姐，别太骄傲了，须知玫瑰再好，有凋零之一日，当春残花落之日，则为粪土一堆了。你有朗诵情书的习惯，大概你自以为朗诵你的臣民的情书，是你的一大快乐，殊不知像你这种肤浅无知的行为，正暴露了你的虚荣和没有头脑！可叹你空有如花之貌，却无才无德又无见识……

章念琛念不下去了，有生以来，她从没有受过这么大的耻辱，而且是在大众的面前。她停住不念，全班的眼睛都注视着她，有的叹息，有的同情，有的嘲笑，一群素日妒忌她的女同学，笑得前俯后仰。她的脸色变得苍白，握着信笺的手气得发抖，但她克制着自己，依然把那封信看下去：

> 小姐，奉告你一句话，一个真正有修养的女孩子，绝不会公开她的情书。要知道，追求你，爱慕你，都是看得起你，对写信的人来说，是没有过失的。尽管你看不起他们，却不该嘲笑他们的感情。须知凡是人皆有自尊心，假如你认为我这封信打击了你的自尊心，就请想想平日你是如何打击他人的自尊心！但愿你的修养能符合你的容貌！须知人必自侮而后人侮之！奉劝阁下好自为之！

徐立群手上

章念琛把信笺放下，依然折叠好，封回信封里。气得浑身发抖，握着信，她走到徐立群面前，后者正靠在椅子里，用一种接受挑战的神情望着她。她深深地看了他一眼，大而黑的眸子里闪耀着一种奇异的光。她把那封信放在他的桌子上，平静地说：

"你不觉得自己的行为也太骄傲了一些吗？"

然后，她回到位子上，支着颐，默默地生气。心里在考虑打击徐立群的方法。

从此，章念琛没有再公布别人的情书，相反地，她开始接受约会，接受邀请。她和每一个人玩，出入每一个公共场合，笑，闹，玩，乐，像一朵盛开的花。一时，重庆附近的名胜，什么南温泉、海棠溪、浮图关……都有她和男孩子的足迹。她的名气更大，拜倒她裙下的人更多。

章念瑜对妹妹的行为不满，章念琦也不高兴。但，章念琛私下对章念琦说：

"大姐，我只是想引出一个人。"

"谁？"

"徐立群！我恨透了他！我要刺激他，等他来追求我，然后玩弄他！"

"别玩火，小妹，当心烧了手！"章念琦说。

可是，章念琛依然故我，她在校园公开和男学生手把手地走路，上课时和男学生眉来眼去，甚至于和男学生出入舞厅。一天晚上，她正和一个同学在舞厅里跳舞。突然，一个人拍了一下她的舞伴的肩膀说：

"借借你的舞伴！"

她抬起头来，惊喜交集。是徐立群！他到底跑来上钩了。她转过身子和他跳，故意问：

"你怎么也来跳舞了？"

"跟我来！"徐立群说，板着脸，毫无笑容。他把她拖出舞厅，走到外面的花园里。园中树影幢幢，夜凉如水，他狠狠地盯着她："玩得很高兴吧？"他气冲冲地说。

"关你什么事？"她问，"当然玩得很高兴！"

"你失了你学生的身份，这个舞厅并不高级，你居然和那些低级舞女卷在一起！"

"关你什么呢？你凭什么来管我？"她高高地昂着头。

他恶狠狠地望着她。

"关我什么事？你这只狡猾的小狐狸！你明知道我的感情，你看了信就知道了，你太聪明，太可恶！"他拖过她，拉下她的身子，她奋力挣扎，但他的手臂如铁丝般箍紧了她，他们挣扎着，喘息着，像一对角力的敌手。她拼命要逃出他的掌握，他却拼命制伏她，她剧烈地喘着气，脑子里混混沌沌，根本不知道自己在干什么，只觉得面前这个男人十分可怕，她必须逃出去。可是，他的手臂把她圈得那么牢，她简直无法挣扎，于是，她张开嘴，对那只抱着她的臂咬下去，她的牙齿陷进了他的肌肉里，但，他依然不放手。一股咸味冲进她的嘴里，她愕然地张开嘴，月光下，血正从他手臂上的伤口里流下来。她惶然地抬起头，接触到他那对柔和而平静的眼睛。她对他颦眉凝视，喃喃地说：

"你？你？"

他俯下头，吻住了她的嘴。她的手钩住了他的脖子，热烈地回应了他，又挣扎着，低低地断续地说：

"不行，我，我，我是不和人恋爱的。"

"但是，你要和我恋爱。"徐立群在她耳边说。

"不，我不能爱上任何人。"她说。

"你已经爱上了我。"

"我不爱你，"她说，注视着他，"我恨你，我要报复你！"

"是吗？"他问，怜悯地摇摇头，"可怜的小念琛！别那么惨兮兮地看着我！"

她发出一声低喊，把头埋进了他的怀里。

他的下巴轻触着她的头发，在她的耳边说：

"我看到你的第一天，就爱上了你。"

"爱到什么时候为止？"

"今生，来世，永恒。"他说。

"好美丽的谎言，"她抬起头来，笑笑，"原来爱情的谎言是这么美的，怪不得姐姐会和杨荫恋爱，我现在明白了。"

"你在说什么？"徐立群皱着眉看她，"谎言？你认为我在说谎？"

"难道不是吗？这是骗取我的手段！"

"骗取你？"徐立群生气地推开她，"我说谎？骗取你？"

"不是吗？"她问，"难道你是真的爱我？不会改变？"

"念琛！"他喊，"你心里有着什么鬼？"他把她拉过来，深吸一口气说："我告诉你，你可以不相信全世界的东西，但是，请你相信我。这个世界，连日月天地在内，都可能会有变动，但是，我的心永不会变！"

她对他展开一个美丽而无奈的微笑。

"如果这是毁灭，"她自言自语地说，"就让我毁灭吧！"

这晚，章念琛回家相当晚。章老太太看到她进门，立刻大发雷霆。

"念琛，女孩子一个人在外面玩到这样深更半夜，你是怎么回事？"

"妈妈，"章念琛靠在门板上，眼睛水汪汪地、醉醺醺地、懒洋洋地，又是悲哀地、无助地说，"我恋爱了。"

"什么？"章老太太跳了起来。

"妈妈，"章念琛悲哀地笑笑，"如果那些话是谎话，那些话就太可爱了。"说完，她摇摇晃晃地走开了。章老太太瞪大眼睛，绝望地倒进了椅子里：

"又毁了一个！"她喃喃地说，望着从章念瑜房里透出来的灯光，知道念瑜一定还在灯下看书。"老天保佑念瑜吧！保佑念瑜永不会对书本以外的东西感兴趣！我只有这一个了！"

一九四〇年。

侵华战争已经进入高潮，各学校都停了课，重庆每日要遭到十几次的轰炸，一般人都往乡下疏散。章家经济情况不佳，只有仍住城里，好在离她们家不远处就有防空洞，躲警报十分方便。

这天，章念琦到杨荫家里去，还没到杨家门口，就看到杨荫和一个女孩子从那个大杂院里出来。一阵狐疑钻进了她的心中，她躲在一边，悄悄地注视他们。杨荫抓着那个少女的手臂，又笑又说又比划，不知在讲些什么。那少女穿得十分华丽，戴着一顶很少见的宽边大草帽，一面听，一面笑得腰肢乱颤，大草帽的边一直碰到杨荫的脸上。章念琦感到一阵头晕，血液全都冰冷了。

"果然！"她想，"男人！男人！"她咬紧了牙齿。

他们向她站的方向走了过来，她听到那少女爽朗地大笑着说：

"我不信！荫哥，你向来就最会骗我！"

"我跟你发誓！"杨荫说。

他向她发誓，他也向自己发誓，章念琦恐怖地想着，这个男人，这个骗子，这个禽兽！他要向几个女人发誓呢？"男人，全是些魔鬼！"母亲的话响了起来，"不要信任他们，不要相信他们的花言巧语，不要受他们伪装的面目所欺骗！他们说爱你，在你面前装疯装死，全是要把你弄到手的手段！等到玩弄够了，他们会毫无情义地甩掉你……"章念琦痛苦地闭上眼睛，心中在呼号着："妈呀！妈呀！我悔不听你的话。"

那一对年轻的男女从她面前经过，他们没有看到她。现在，他们不笑了，似乎在讨论一个很严重的问题，那少女的脸色显得凝肃悲哀，杨荫在说：

"我也会去的，只是，还有一些苦衷……"

他们走远了，她听不到他们的谈话了。她感到四肢无力，周身软弱。忽然间，警报响了，她伫立不动，人群从她身边跑过去，她依然不动，于是，她看到杨荫用手臂围着那少女的腰，护持着她跑走。

"完了！"她想，"我伟大的恋爱。"她跌跌撞撞地走下台阶，像个梦游病患者，抬滑竿的人也都去躲警报了，街上冷清清的，她下意识地向闹区走去，一直走到全是银行的陕西街，然后站住。飞机声已隆隆而近，她仰望着天，渴求着有个炸弹能落到自己的头上。可是，飞机过去了，远远地有轰炸的声音，不知道是哪一区遭了殃。她继续闲荡着，由午至晚，警报解除了，街上恢复了零乱，救火车和救护车鸣着尖锐的警笛从她身边疾驰而过，路人争着谈论轰炸的情形。她茫然不觉，摇晃着在街上走着。突然，一只手臂抓住了她，一个人站在她面前，她定睛一看，正是杨荫！他喘着气说：

"老远地看着就像你，刚刚我到你家里去，你母亲说你中午出来了没回去，把我急坏了，满大街跑了三小时，差点要到轰炸区去认尸了！你在这儿干什么？"

章念琦一语不发，默默地望着他。

"念琦，我有话要和你谈，我们找个地方坐坐好不好？"杨荫说，他的脸色显得既兴奋又悲哀。

"他要告诉我，"章念琦苦涩地想，"他要告诉我他已经移情别恋了！他是那种藏不住秘密的人。"她打了个冷战，恐怖地望着他，喑哑而生硬地说：

"你不用讲，我都知道了！"

"你都知道了？"他惊异地看着她，接着，就一把握紧了她的手腕，仔细地凝视她。她的脸色惨白、木然，眼睛枯涩无光。他抽了口冷气，战栗地说："既然你已经知道了，就请你原谅我，念琦，原谅我离开你是……不得已的……"

章念琦盯视着面前这个男人，然后，她举起手来，狠狠地抽了他一个耳光，转过身子，就疯狂地跑开了。杨荫目瞪口呆地愣在那儿，好半天，才醒了过来。他追上去，章念琦已经没有影子了。

深夜，章念琦像个幽灵一样回到了家里，章老太太和两个妹妹都在客厅里焦虑地等着她，看她进来，章念瑜先松了口气说：

"好，总算回来了，以为你给炸死了呢！"

章念琦一语不发地走来走去，一直走到老太太面前，就扑进了老太太的怀里，用手抱住母亲的腰，摇撼着母亲，哭着说：

"妈妈哦，我为什么不听你的呢？我该死！妈妈哦！"

章老太太惊惶地揽住了她：

"琦儿，你说什么？"章念琦抬起头来，仰视着母亲，一字一字地说：

"妈，他已经变了心！"

章念琛跳了起来：

"你说什么？大姐？杨荫？不可能的！杨荫不是那样的人！绝不可能！这一定是误会！"

"误会？"章念琦掉头看看章念琛，冷笑了起来，"误会！我已经亲眼看到了，而且，他也亲自对我说过了！"她站起身来，指着章念琛："小妹！及早抽身！"她看着母亲，幽幽地说："我以为，世界上或者会有一个例外的男人，一个不变心的男人。可是，我错了。妈妈，你是对的！你是对的！"转过身子，她冲进了自己的卧室里，闩上了房门。

"我早知道有这一天！"章老太太喃喃地说，"我早知道！我早知道！男人不会有一个例外。都是魔鬼！魔鬼！魔鬼！"

章念琛抓起一件外套，向屋外跑去。

"琛儿！你到哪里去？"章老太太喊，"半夜三更的！"

"去找杨荫理论！"章念琛气呼呼地说，冲出了大门。

章念瑜叹了口气。

"还是念书好！放着书本不念，闹恋爱！唉！"

第二天清晨，章念琛和杨荫一起回来了，章念琛脸上有着骄傲和喜悦，她兴冲冲地对章老太太说：

"我就知道是误会！原来杨荫的表妹从昆明来，杨荫陪她上街，大概给大姐看见了，生出许多误会来！"

"是吗？"章老太太冷峻地望着杨荫，严厉地说，"你又来撒谎了？琦儿被你欺骗得还不够？她说你亲口告诉了她，现在又想来翻案了？"

"我亲口告诉她？"杨荫错愕地说，"我要告诉她，我已经响应了政府关于知识青年从军的号召，下个月就要出发，她不等我说完，就说她知道了……"杨荫猛然跺了一下脚："哎，这个误会真是从何说起！念琦一天到晚怕我变心，怕我变心，怕得她自己都糊涂了，我以为她已经知道我从了军，生我的气，我想她会想明白的……谁知道……唉！"他又跺了一下脚，急急地说："念琦呢？我要跟她解释！"

"你是真话？还是假话？"章老太太瞪着杨荫问，"我不信任你，我不信任任何一个男人！"

"伯母，"杨荫气急地说，"不是我说，假若不是你天天对念琦说我不可靠，念琦绝不会对我生出这种误会来！到现在，您还不相信我！请您让我见念琦，她的脾气刚烈，不解释清楚是不行的。"

章念琛跑到章念琦的门口，叫着说：

"大姐，开门！杨荫来了！"

门里寂然无声。杨荫走了过来，敲着门说：

"念琦，请你开门好不好？我有话说！"

门里仍然毫无动静。杨荫忽然感到一阵寒战，他大声叫："念琦！开门！你不开我就破门而入了！"

老太太也颤巍巍地叫：

"琦儿，开门吧！"

门里依旧没有声音，门外的人面面相觑了一段时间，杨荫就用力对门撞过去，连撞了三四下，门开了。杨荫呆呆地站着，屋里，章念琦仰天躺在床上，血正从割裂的手腕里涌出来。

"琦儿！"老太太尖叫。

杨荫一步步走了过来，弯下身子，把手放在她的鼻子下面，他立即知道，什么都没有用了。他跪下去，把头放在她的胸口，她的身体仍有余温，但，那跳跃着的心脏却早已停止了。他用手环绕住她的身子，喃喃地、低低地叫：

"念琦！念琦！念琦！"

章念琛首先从打击中回复过来，她冲到床边，大声叫着：

"请医生去！请医生去！"

杨荫在章念琦胸口摇了摇头，把脸埋进了她胸前的衣服里。章念琛尖叫着大哭了起来，跺着脚狂喊：

"不不不！你死得多不值得！多不值得！多不值得！"

老太太摇晃着走到床边，恐怖地站着，望着章念琦那张毫无血色却依然美丽的脸。然后，她颤抖着，口齿不清地说：

"我……叫你……不要恋爱！我叫你……不要……恋爱！

我叫你……"

杨荫猛然抬起头来，他脸色惨白，眼睛血红。他站起身，抱起了章念琦的尸首，直望着章老太太，对章老太太一步一步地走过去，咬着牙说：

"伯母！你是个刽子手！是你杀了念琦！是你的教育杀了念琦！是你毁了她！杀了她！"

章老太太恐怖地向后退。章念瑜狂叫了一声：

"我的天啦！这个世界是怎么回事？"就晕了过去。

章念琛苦恼地把头倚在窗栏上，望着前面的街道。大姐死了，二姐病了，杨荫从军了，徐立群也调到昆明去工作了。短短的几个月之间，人生的事情竟有如此大的变动！二姐缠绵病榻已将近三个月，医生嘱咐不能看书，但她仍然要偷偷地看，看了之后又喊头痛。母亲如风中之烛，完全是她天生的坚强支持着她，使她没有在大姐死亡的打击下倒下去。徐立群调到昆明，她更寂寞了，每日倚窗，只是等待徐立群的信。徐立群，徐立群，但愿他是真的爱她，但愿他不会在昆明爱上别的女人！像她父亲在法国爱上女留学生一样。

"小妹！"章念瑜在喊她。她走进二姐的房里，章念瑜正靠在床上，显得精神很好。

"干什么？"章念琛问。

"把桌上那本书递给我，再给我一支笔、一个笔记本。"

"医生说过你不能看书。"章念琛说。

"去他的医生！都是婆婆妈妈的！我躺在床上都快发霉

了！其实，我的病根本就没有什么，把书给我吧！"

章念琛把书和本子递给她，自己在床边上坐下来，望着姐姐说：

"二姐，你怎么这样爱看书？"

"不看书做什么呢？"章念瑜问，"像你一样，每天为爱情神魂颠倒，坐立不安？像大姐一样，为爱情送掉性命？我不那么傻，书里有研究不完的学问，不断地研究、探讨，是我的快乐！我的爱人就是书！"

"还好，"章念琛点点头，吸口气，"你这个爱人永不会变心，你也永远不必担心害怕。我羡慕你！"

"书里的东西太丰富了，"章念瑜继续说，"穷我这一生也研究不完，以有限的生命，探求无穷的学问……"

"好了，二姐，"章念琛烦躁地说，"你的老理论又来了！"她侧耳倾听，猛然跳了起来，向门口冲去，嚷着："一定是邮差来了！"可是，立即她就垂头丧气地走了回来，在窗边一坐，把下巴放在窗棂上，懊恼地说："又没有信！这个死立群！鬼立群！我才不相信他连写封信的时间都没有！嘴里就会喊爱呀爱呀，一走开就把人忘得干干净净了。哼！见鬼！"

章念瑜对章念琛默默地摇了摇头，就打开书本，自顾自地研究起来。姐妹俩坐在两边，一个发呆，一个看书，时间悄悄地溜过去。秋天的午后很短，一会儿，就是开灯的时间了。章念琛站起来开电灯，灯刚亮，章念瑜忽然发出一声叫喊，用手抱住了头。章念琛赶过去，叫着问：

"二姐，什么事？你怎样了？"

"我的头！我的头！"章念瑜大叫着，滚倒在床上，抱着头满床翻滚，书和笔记本都掉到地下。章念琛吓坏了，高声叫着周妈和母亲，章老太太和周妈立即赶了来，章念瑜仍在狂叫着："我的头！哎哟！我的头！"

章老太太跑过去，抱住章念瑜，一面紧张地对章念琛说："快！请医生去！"

章念琛如飞地跑去了。章老太太战战兢兢地问：

"念瑜，你的头怎样了？"

"哎哟！我的头！"章念瑜狂喊着，用牙齿撕咬着被单，"我的头要裂了，要炸开了，哎哟！我的天！"

周妈弄了一盆冷水来，试着用凉手巾压在她的头上，但是一切无用，章念瑜依然又哭又叫。终于，医生来了，先给她注射了两针镇静剂，好不容易，她才疲倦地睡着了。这个医生是个新请来的，是重庆市著名的西医。他仔细地检查了章念瑜，又环顾了一下室内，把地下掉的书和笔记本翻了翻，就走到客厅里坐下。章老太太和章念琛都跟出来，周妈守在章念瑜的床边。章老太太小心地问：

"大夫，小女的病很严重吗？"

医生沉吟地坐下来，问：

"章小姐是大学生？"

"是的，已经毕业了，重大物理系的学生。"老太太说。

"很用功吧？"

"是的，每天都念书到深更半夜。"

医生点了点头。

"章小姐的病源就是用脑过度，从今天起，不要让她看任何的书，不要让她写字和做任何伤脑筋的事，否则，她的性命不保！"

"可是，"章念琛骇然地说，"她还想去考西南联大的研究院呢！"

"她永远不能考了！"医生摇摇头说，"她终生都不能再念书了。章老太太，记住，别让她碰书本，她会很快就复原的。如果再碰书本，那我就没办法了。"

真的，在吃药打针和食物滋补之下，章念瑜很快就复原了。当身体又硬朗之后，她发现屋子里的书都被移走了。她跳着脚问周妈，章老太太走进来，强颜笑着说：

"医生说过，你病刚好，不能看书。"

"我现在不看，我只是要把它们整理出来，"章念瑜说，"等能看的时候再看。"

"你不能费神，以后再整理吧！"章老太太说。

"不嘛，你们把我的书都弄到哪里去了？还有我几年的笔记呢？赶快给我，我还要准备考研究院呢，你们别把我的书弄丢了！"

"瑜儿，"章老太太柔声说，想告诉她事实，"你生了一场很厉害的病，你知道。"

"现在病已经好了嘛！"章念瑜叫着说。

"是的，"章老太太吞吞吐吐地说，"可是，医生说，你再也不能念书了。"

章念瑜一把抓住了母亲。

"你说什么？妈？"她紧张地问。

"医生说，你不能再念书了。"章老太太重复了一句。

"永远不能？"她追着问。

"是的，"章老太太怜悯地把手压在她的手上，"是的，孩子，永远不能了。"

章念瑜松了握住母亲的手，身子向后退。然后，她仰着头看着天花板，突然纵声狂笑了起来。章念琛闻声而至，章念瑜正好也冲出去，她把章念琛死命一推，一面笑，一面往外跑，章念琛追了出去，大声叫：

"二姐！二姐！你做什么去？"

章念瑜跑到院子里，把毛衣脱了下来，一边脱着，一边笑，一边说：

"拿开这些障碍物就好了！拿开这些就四大皆空了！"

老太太、周妈和章念琛都追了出来，章念琛抓住她的手，拼命叫：

"二姐！你干什么？你干什么？"

章念瑜把章念琛推开，力气居然很大，章念琛跌倒在地下。章念瑜迅速地就把衣服都脱掉了，只剩下一层小衣，她仍不满足。"哗"的一声，就把小衣都撕裂了，光着身子向大街上跑。章念琛扑上去，不顾一切地抱住她，喊她，摇她，拉她，她生气地推开章念琛，嚷着说：

"滚开！你们这些妖魔小丑！"接着就仰天狂笑，冲到大门外面去了。

"老天！"章老太太两腿一软，跌坐在地下，"老天可怜我们，老天可怜我们！"她喃喃地说。

章念琛追到大门外面，在邻居们的协助之下，终于把章念瑜捉了回来，她又踢又咬又抓又叫，她们只得用绳子捆住她，一面火速去请医生。医生来了，打了针，她安静了一些。可是没多久，又闹了起来，见着人打人，见着东西砸东西，一个月以后，她们屈服了，章念瑜被送进了疯人院。

午夜，章念琛从一连串的噩梦中醒来，浑身都是冷汗。梦里，一会儿是满身流着血的大姐，一会儿是光着身子的二姐，一会儿又是徐立群，正左拥右抱着两个美女，对她看也不看地走过去……她从床上坐起来，心脏在剧烈地跳着，头上汗涔涔的。她坐了一段时间，听到母亲房里有叹息声，披了一件衣服，她下了床，摸到母亲房里。

"妈妈！"她叫。

"是念琛吗？"章老太太问。

"是的，妈妈，"章念琛爬上了母亲的床，钻进了母亲的被窝里，用手抱住母亲，"妈妈，我睡不着。"

"孩子，"章老太太用手抚摸念琛的面颊，"老天可怜我们，老天可怜我们！"近来，这两句话成了老太太的口头语。

"妈妈，我希望立群回来。"

"他会回来的。"老太太心不在焉地说。

"不，妈妈，我好久没有接到他的信了，他一定爱上了别人！"

"老天可怜我们，老天可怜我们！"老太太说。

"妈妈，世界上的男人都不可靠吗？"章念琛问。

"哦，别问我，"老太太惊悸地说，"我什么都不知道，什么都不知道！"

"妈妈，妈妈哦！"章念琛抱紧了母亲，"可怜的妈妈！"

第二天，章念琛整日坐在门口等信，没有，黄昏，她打了个电话给邮政总局问：

"渝昆路通不通车？邮件会不会遗失？"

回答是：

"渝昆路通车，但沿途有土匪，信件可能遗失。"

第三天，仍然没有信。

"我不能忍耐了！"章念琛狂乱地想，"我怎么知道他还在爱我？"

她跑到电信局，毫不思索地打了一个电报给徐立群，电报上只有六个字：

"琛病危，速返渝。"

"如果他立即回来，他就是爱我，否则，就是不爱我了。"她想，神思不定地在房里兜着圈子。

电报发出后的半个月，有人打门，章念琛冲到大门口去，打开了门，立即惊喜交集。门口，徐立群满面风尘、憔悴不堪地站着，衣服上全是尘土，脸没有洗，两眼深凹，头发凌乱，狼狈得像才从监狱里放出的囚犯。看到了她，他不信任地瞪大了眼睛，结结巴巴地说：

"你？……你，没有……你病……怎样？"

"哦！"章念琛高兴地笑着说，"你总算回来了！"

"你好了？"徐立群疑惑地问，颤抖着用手来碰她，好像她是纸做的，生怕一碰就会碎掉。"是你？真是你？"他问。

"当然是我！"章念琛说，笑不出来了。她抓住他的手："你看，这不是我吗？"她摇他的手："喂，你看，我好好的呀，我什么病都没有，那个电报是用来试试你，现在我相信你是真正地爱我了！"

徐立群皱着眉头，茫然地望着她，好像根本不明白她的话。她又急急地说：

"你怎么了？你懂了吗？那个电报是假的，我拍来试试你的，好久没接到你的信，我以为你不爱我了，现在我相信你了！进来坐坐吧！"

徐立群靠在门上，慢慢明白过来了。他狠狠地看着她，就像看一个魔鬼。

"你相信我了！"他咬牙切齿地说，"你相信我了！你知不知道这十几天我是怎么过的？在木炭车里颠簸，车子一路抛锚，一路推车子，遇到土匪，洗劫一空。每天向上帝，向老天，向宇宙之神祈求，没有一夜合过眼睛，没有一刻不被你已经死亡的恐怖所威胁……你知道那是什么滋味？你知道如果不是要见你一面的意志力支持着，十个徐立群也老早完蛋了，你！原来你是开玩笑！"他瞪着她，他的眼睛里全是红丝。

"我只是要试试你，"章念琛嗫嚅地说，"现在不是什么都好了吗？"

"什么都好了？"徐立群一个字一个字地说，"是的，什么都好了，我们之间也完了！"他转过身子，向外就走。

"喂，立群，"章念琛一把拉住他，"你是什么意思？"

"我的意思是，"徐立群回过头来说，"你另外去找一个人做你的玩物吧！我徐立群算认清你了！你弄错了，章念琛，我不是你开玩笑的对象！"

"我不是开玩笑，"章念琛惶惑地说，"我只是害怕，害怕你不爱我！"

"章念琛，我不能做你一辈子的试验品！你的玩笑开得太过分了！你请吧！我徐立群配不上你，再见！"他转过身子，大踏步走去。

"立群，你到哪里去？你听我解释！"

"你用不着解释了！我到世界的尽头去！"徐立群怒气冲天地说，一瞬间，就走得看不见了。

"孩子，追他去！"章念琛背后，老太太不知道什么时候已经站在那儿了。

"没用了，妈妈。"章念琛哭着扑进母亲的怀里，"我知道他的个性，他是永不会回来了！"

"找他去！孩子！"老太太说，"到他家里找他去！"

但，徐立群并没有回他的家，重庆市没有他的影子，他像是从地面隐没了。第二天清晨，章念琛提着一个小包裹出走了。在家里书桌上，她只留了一个简单的小纸条：

　　妈妈：请原谅我，我必须去追踪他，哪怕他跑
　到世界的尽头！妈妈，我不能做大姐或是二姐！请
　原谅我，请原谅我！

　　　　　　　　　　　　　　女儿念琛留

胜利了，万民欢腾。

在临江路上，一个老太太正望着滚滚的嘉陵江发呆，风吹乱了她的萧萧白发。

一群嘻嘻哈哈的学生从她身边跑过。

"看！那好像是章老太太。"一个说。

"章老太太是谁？"另一个问。

"还记不记得'三朵花'？"

"'三朵花'？现在怎样了？"

"谁知道？好像都不存在了！"

学生们跑远了，老太太仍然孤独地伫立着。半晌，另一个老妇人蹒跚地走来。

"太太，回去吧！天不早了！"

"周妈，有信吗？"老太太问。

"没有。"周妈摇摇头。

"哦，老天可怜我们！"老太太说，继续望着滚滚的江水。暮色，慢慢地弥漫开来。

第三个梦结束了。

小纹抬起头来。

"爷爷，这个故事不好，"她摇摇头，"太惨了。"

"这只是一个梦。"老人笑笑，凝视着窗外的月亮，"人生，有多少个完美的梦呢？月亮缺的时候，比圆的时候多得多！"

第四个梦

生命的鞭

小纹，过来，好好地坐着。你看，今晚窗外那么黑，月亮都隐进了云层里，四处都是风声，恐怕要下雨了。哦，你给我拿来了一杯什么？酒？你想提起我说故事的兴趣吗？你说什么？小斟小酌，略增情趣？好吧！孩子，你懂得享受，也懂得生活，这是上天给你的好天赋。来，让我们碰一下杯，且干了这杯酒，我们来开始再说一个梦。酒，这真是件奇妙的东西，浅浅一杯，可以使人醺然自如，多饮则迷失本性——一杯已经够了，别再喝。今晚，让我来给你说一个故事——一个关于酒的故事。

三十年前，上海已是个繁华如梦的所在，急管繁弦，歌舞升平。在这儿，没有昼夜之分，酒绿灯红，到处是寻欢作乐的人们。

是个冬日的清晨。

江湾的海面上，像蒙着一层白雾，几点风帆，静静地卧在海面，海天一色，迷迷茫茫，别有一种寂寥的诗情画意。一个穿着件破旧的呢大衣、没有戴帽子的青年，挟着一个大画架，在路边站住了。对着海静静地望了几分钟，他支起了画架，匆匆忙忙地打开画箱，取出调色盘、颜料，及画笔、水炭等，呵了呵冻僵的手，开始在画纸上涂抹起来。

　　风从海上迎面吹来，凛冽刺骨，他瑟缩地缩了缩脖子，鼻子里呼出的热气全凝成了一团白雾。画了一会儿，到底敌不过这阵寒冷，他丢下画笔，把僵硬的手指送到嘴边去呵了呵，又在原地跳了几跳，以期用活动来抵制寒气，然后，抓住画笔，他又继续画了下去。

　　一阵泼剌剌的马蹄声惊动了他，他回过头去，诧异着是谁在这么早驾马车出来。于是，他看到一辆两匹马拉着的小型敞篷黑色马车，快如闪电般冲了过来，在驾驶座上，却高踞着一位少女，红上衣，红裤子，披着件大红披风，头上压着顶小红帽子，一只手握着马缰，另一只手飞舞着马鞭，两匹棕红色的马四蹄翻飞，其快如风地跑着。他被这景象惊得愣住了，忘了运用画笔，呆呆地注视着这疾奔而来的马车。车子从他面前驰过，扬起了一阵尘土，车上的少女却回过头来，对他注视，显然也诧异他这在寒风中画画的人。车子很快地跑远了，他一愣，立即抓下了画了一半的画纸，另外换上一张干净的，迅速地在调色盘里蘸了颜色，在画纸上勾出一辆飞驰的马车来，两匹快马、回头注视的舞着马鞭的红衣女郎……不到五分钟，这张画面的轮廓已生动地勾出来了，他退后几步，满意地看看，又慢慢地加上画面的背景：海、天和远远的几点白帆。

正画着，又是一阵马蹄声，他抬起头，那辆马车又折了回来，正往这边跑，红衣少女熟练地驾驭着马，当两匹马跑到了他的面前，少女一拉马缰，马车陡地停住了。他愕然地望望那辆空无一人的车子和驾驶座上的少女。这时，那少女正握着马鞭，对他凝视着。

这少女很美，他是个艺术家，也懂得欣赏一切的美，眼前的少女正是一种美的典型。一身火红的衣服裹着成熟的身段，随风飞起的红披风增加了她几分洒脱不羁的韵致，斜入发鬓的两道浓眉有男儿气概，黑白分明的大眼睛则流露了过多的聪颖、大胆和豪放。他有些被震慑住了，眩惑地望着她。她对他打量了将近一分钟，突然扬着声音问：

"喂，画画的！你是谁?"

他对这不礼貌的问句皱眉，故意咧着嘴说：

"喂！驾车的！你是谁?"

"唰！"的一声，一条马鞭出其不意地对着他的头挥了过来，他完全没有防备，竟无法躲开，马鞭在他脖子上绕了一下又抽了回去，顿时留下一股刺痛。他用手抚摸着脖子，少女早拉动马缰跑走了。他听着马蹄声去远，被打得莫名其妙，对着那张未完成的画呆呆发愣，正错愕间，马蹄声再度折了回来，他心有余悸地回头望去，少女在他面前停住了马，却对他抛来了一个微笑。他茫然地想：

"我今天是倒了霉，一清早碰到个神经病！"

少女等马停稳了，一翻身跳下了马车，身手十分矫捷。然后，她大步地走到他身边，对他那张画仔细地凝视了一会儿，又抬起眼睛来看看他，问：

"你叫什么名字？"

有第一次挨打的经验，他觉得还是不招惹这神经分分的女孩子为妙，于是，他淡淡地说：

"孟玮。"

"孟伟？伟大的伟？"她问。

"不，斜玉旁的玮。"

"你是个画家？"她再问。

他看了她一眼，笑笑。

"或者是的，在将来。"

"现在呢？"

"刚刚从美专毕业。"

"你是哪里人？"

"杭州。"

"离上海很近呀！"她说。

他再看了她一眼，感到被盘问得够了，该反问几句了，于是，他问：

"你叫什么名字？""胡茵茵。草头下一个因为的因。"她爽快利落地说。

"胡茵茵？"他大吃一惊，重新去衡量面前这个女孩子，原来她就是胡茵茵！全上海市闻名的人物，大富豪胡全的独生女儿，外号叫作"神鞭公主"。好驶快车，所过之处，青年穷追不舍，她则一鞭在手，狂挥痛击，完全有男儿之风。这是上海鼎鼎大名的人物，她父亲的百万家财，只有她一个继承者，因此，她的追求者简直不计其数。孟玮对她的名字是早已听熟，却没料到今天能和她见面，而她又出乎意料地美。

她望着他，似乎想看到他听到她的名字之后有什么表示，但他一语不发，就又回到他的那张画旁，继续去画那海和天。她呆了呆，被他的冷淡所激怒了。她望了那画一眼，带着点蛮横的态度说：

"你不应该把我画到画上！"

"是吗？"他皱皱眉，"我在写生，有什么法律规定我不许写生吗？"

"你可以画大自然，不应该画我。"

"谁叫你跑进大自然里面来的？"

孟玮回头望望她，微笑地说："你没听说过'人在画中'的话吗？我既然冒冷出来写生，就不该错过一个好的景致。"

她双手交叉地抱在胸口，马鞭在空中抖了一下，凝视着他说："这样吧，我把你这张画买下来了，你开个价钱吧！"

孟玮的笑容冻结了，他跳跳脚以驱除冷气，冷冰冰地说："对不起，这张画不卖！"

"你以为我买不起？"胡茵茵生了气，嚷着说：

"只要你开得出价钱来，我马上照付！"

"我知道你有钱，"孟玮头也不回地说，"我就是不卖。"

"我买定了！"胡茵茵暴怒地说，声音里夹着任性和倔强，一目了然，这是一个被宠坏了的女孩子。她高高地昂着头，噘着嘴说："你说你要多少钱？"

孟玮转过头来看着她，平静地微笑着，好像一个长兄对撒泼的小妹妹似的说：

"你不知道，胡小姐，我的画都是练笔的，我要留着作资料，不准备卖的。"

"你不卖画，你靠什么维持生活？"胡茵茵直率地问。

"我教画，教一两个小学生。"

"你好像——过得很苦嘛！"胡茵茵打量着他说。

"和你比，当然啦！"孟玮说，声音里多少有点不自然。

"可是，我很喜欢你这张画。"

孟玮把画纸从画板上取了下来，卷成一卷，往胡茵茵怀里一塞，毫不在意地说：

"那么，送你吧。"

说完，他收拾好画具，扶起画架，预备走开，却看到胡茵茵满脸错愕地站在那儿，失措地望着他。他对她挥挥手，正要走开，她着急地追上前一两步说：

"孟……等一等！喂！你别走呀，这不公平，无论如何，我应该付你一点钱！喂喂！孟……孟什么，哦，孟玮，你别走呀！我说了要付钱的……"

"我说了不卖！"孟玮叫了一声，已走出一大截了。可是，立即，他听到马蹄泼剌剌地追了上来，同时，"呼"的一声，那条一丈长的马鞭又对他当头罩到。吃过一次亏就学了一次乖，他一闪身躲开了马鞭，马鞭抽了一个空，却从车上落下一样东西，"唥"一声掉在他的身边，他俯身一看，是个金银丝镶珍珠的小钱袋。同时，胡茵茵带笑的声音传了过来：

"我从没有不付代价地取别人的东西！再有，这么冷的天，你写生的时候也该买顶帽子戴戴！"

这抛钱袋的动作激起了孟玮一腔的火气，那最后一句话更深深地刺伤了他的自尊心。他拾起了钱袋，把画具和画架都抛在地上，就不顾一切地赶上去，一手攀住了马车，就矫捷地爬了上去，胡茵茵回头一看，立刻扬鞭抽来，他已爬上了车，反手抓了马鞭，用力一拉，胡茵茵惊呼一声，马鞭已到了孟玮手里。孟玮白着一张脸，愤愤地说：

"你好狂妄！好自大！好骄傲！连怎么做人都不懂！早就该有人教训你！你喜欢用马鞭抽人，你自己也该领教一下马鞭是什么滋味！"说着，他在狂怒之中，举起马鞭，对她猛挥了一下，她掩着脸又一声惊喊，马鞭斜斜地从她脑后绕到她的胸前，她颠踬了一下，差点从驾驶座上滚下来。孟玮把马鞭和钱袋都丢进车厢里，说："告诉你！不要胡乱使用金钱，虽然你有钱，但是有些事不是应该动用钱的！"

说完，他看到马行速度很缓，就跳下了马车，气冲冲地走回去拿画具和画架。这儿，胡茵茵慢慢地放下了掩着脸的手，愣愣地坐在驾驶座上，忘了她的马鞭，忘了握缰绳，忘了一切的一切，只愣愣地坐着，愣愣地望着跑开的孟玮。今天所遭遇的，是她有生以来从没有遇到过的，这使她完全震慑住了。

在她昏迷似的发怔之中，识途的马缓缓地踱过上海市区的街头，缓缓地走进了她那坐落在杜美路美轮美奂的大厦，司阍给她拉开了大铁门，马夫跑来扶她下马和卸马，她昏沉沉地走进她自己的房间，下人们都诧异地望着她，她挥退了使女，关上房门，和衣倒在床上。胸口上那一鞭所留下的疼痛仍在，这疼痛热辣辣地烧灼着，带着一种新奇的刺激压迫着她。

　　孟玮用手枕着头，躺在他的帆布床上，仰视着天花板发呆。这是一间小小的阁楼，小得不能再小，高踞在六层楼的顶端，上下楼没有电梯，每次外出爬楼梯都可以把人累死。但是，对孟玮而言，租这样的房间已经超出他的能力之外了。这是栋坐落在江湾的古旧的楼房，这阁楼早已残破，四壁焦黄，门窗腐朽。但，孟玮却看上了那对海而开的窗子，可以看到外面的海和天，可以看到白云的变幻，还可以看到那引人遐思的点点白帆。他喜欢倚窗而立，注视那些帆船的动静，虽然他没有所想的人，也没有盼望着归来的人，可是，每当看到那些船，他依然会有"过尽千帆皆不是，斜晖脉脉水悠悠"的感觉，这是一种寥落的情绪，只因为他太孤独，而他又不是能忍耐孤独的人。往往，他会感到那一江所盛的，不是海水，而是他的寂寞。他凝视着海，就像凝视着他自己，他的寂寞已盛得太满，他的寂寞在晃荡，在挣扎，在澎湃，在喘息……这种感觉总使他情绪低沉，而至怆然欲泪。

　　这天，又是一个情绪低沉的日子，天气酷寒，妨碍了他出外工作。闭门造车，画出的全是些不如意的作品。在彻骨的寒冷中，他只能躺在床上生闷气。室内是凌乱的，满地画笔和画纸、颜料的残骸及果皮，墙上钉满了画，却没有一张使他自己满意，触目所及，都是使他生气的画。他开始怀疑自己的才能，怀疑自己的创造力。什么都是冷冷的：冷冷的天气，冷冷的床，冷冷的房间和冷冷的心情。他叹了口气，转过身子，把脸扑在枕头里。

有脚步声走到他门口，他没有动，只在心里揣测着是不是缴房租的日子，确定还有一星期，他就放下了心。有人敲门了，他没好气地说：

"你找谁？找错了！"

他确定这是找错了，只因为在孤独的天地里，从来不会有任何的访客。但是，门外有个女性的声音在问：

"孟玮是不是住在这里？"

他吃了一惊，从床上跳起来，走到门口去打开房门。立即，他眼前一亮，就完全愣住了。门外，一个穿着件华丽的白色长大衣的少女盈盈而立，长发披肩，头上压着顶红色小呢帽，双手横握着一条马鞭，高昂着头，一对闪烁的大眼睛对他胜利地笑着。

"哎呀，"她说，"爬楼梯把我累死了！"

"你来干什么？"他问，声音冷冰冰的。

少女一脚跨了进来，旁若无人地打量着他零乱的小房间，床下乱堆的被褥，以及满墙的画。他皱紧眉头，望着这个不速之客，再强调地说了一句：

"请问，胡小姐，你来此有何贵干？"

胡茵茵转头对他嫣然一笑说：

"我不能作友谊的拜访吗？"

孟玮不得已地关上房门，耸耸肩，腾出一张椅子给她坐。他想倒杯水给她，好不容易把唯一一个茶杯从废纸堆里找了出来，水瓶里却倒不出一滴水，他无可奈何地望望她，她却微笑着转开头。他说：

"你怎么知道我住在这里？"

"这还不简单？！到美专去查一查应届毕业生的通讯录就行了！"

"上海有三个美专呢！"

"每一个都查就行了！"

"好，小姐，你这样找到我的住址，要干什么？"

胡茵茵望着他，把马鞭绕在手上，说：

"孟玮，你对每一个人都这么凶巴巴的吗？"

"我？凶巴巴？"孟玮有些错愕，然后笑着说，"大概有点受你的传染。"

"我今天一点都不凶，是不？"胡茵茵说。接着，叹了一口气，像解释什么似的说："你不知道，有些人真可恶，我必须准备一条马鞭，要不然，他们会爬上我的马车，拉住我的马，我非防备一下不可。"

"真有人存心侵犯你，一条马鞭又管什么用？"孟玮说，"就像那天，我夺下你的马鞭是轻而易举的事。所以，奉劝你，别太信任你的马鞭。那些人只是想撩逗你，并不真想冒犯你，否则，别说一条马鞭，十条马鞭也没用，你这样喜欢满街兜风，总有一天出毛病！"

"那么，难道我关在家里？"

"为什么不念书？"

"高中念完了。"

"大学呢？"

"念书——目的是什么？"她问，"我又不需要那一张文凭。"

"你的兴趣是什么呢？"

"驾马车。"她干脆地说。

他为之失笑。站到窗子旁边，望着窗外的海湾，他忽然感到和她已经很熟悉了。他沉思地问：

"你为什么喜欢驾马车？"

"让马拼命跑，车子在街上风驰电掣地驰过去，这是一种刺激。"胡茵茵站起身来，也走到窗边来站着，扑鼻的衣香使他心神一爽。她继续说："当马在奔跑的时候，你必须全心都放在马的身上，你要握紧缰绳，以维持车子的平衡，那么，你就不会有多余的心思去思想。许多时候，思想是一件很可怕的东西。"

"是吗？"他深深地望了她一眼，"你逃避一些什么思想呢？在你的生活里，应该是什么都不缺的。"

"我不知道，我只是不能静下来，一静下来就感到好空虚、好慌乱，好像这世界上只剩下了我一个……于是，我就要跑出去，放马奔逐，让那种狂奔的刺激来平定内心的惶惑。"

孟玮震动了一下，她的话使他对她有另一种了解。他眼前不再是个华丽任性的富家女郎，而是个弱小、孤独的小女孩，这使他有一种安慰她的冲动。他凝视着海湾，那儿盛满了他的寂寞，也有她的，还有所有人类的。他感到一阵迷茫的凄楚。

"孟玮，"她在他身边说话了，"陪我出去兜兜风，我要让你参观一下我的技术。"他望望她，有些犹豫。

"去吧！"她鼓励地说，"你会发现那很有趣！"

"为什么你找到我来陪你？"他问。

她把马鞭抖开，在门槛上抽了一下，有些生气地说：

"你不高兴陪我就算了！"

她走到房门口，又回过头来望着他，眼光里有点恳求的味道，低低地说：

"孟玮，你很讨厌我吗？"

孟玮蹙着眉，没有说话，她压抑地说：

"我总不知道怎样做是对，怎样做是错，我很少和人谈话，除了在应酬的场合里听到别人恭维夸赞之外，我几乎不说什么。我不会说话，今天会说了这么多，真奇怪。大家捧着我，好像我不是一个平常的人，从没有一个人把我当朋友，我连交朋友都不会……我很小的时候就失去了母亲，从没有人教过我该怎么样做……"

孟玮走到门边，披上他的大衣，拉住她的胳膊说：

"走吧！我们驾车去！"他的手很自然地揽住了她的腰，把她揽到楼梯上，全公寓的人都把门开一条缝出来探头探脑，他咬咬嘴唇说：

"你的车子是不是停在楼下大门口？"

"是的。"

"好吧！"他望着她说，"明天，恐怕连小报上都会登出新闻来了！"

"我才不管呢！"她甩甩头，一条马鞭又习惯性地抽向楼梯的扶手，发出一声巨大的响声。

这天，几乎全上海市的人都看到神鞭公主的马车在街上驰过，而她旁边，却并立着一个衣着破旧的青年。他们放马狂奔，却笑得像两个孩子，神鞭公主这样高声地大笑，可能还是人们第一次听到。

"孟玮！开门！"

"小孟！快开门！"

"再不开，我打进来了！"

孟玮揉揉眼睛，从床上坐起来，睡眼惺忪地甩甩头。披上了衣服，门外的声音又响了：

"孟玮！我要破门而入了！"

孟玮匆促地把衣服穿好，走到门边去开了门，胡茵茵捧了一大堆东西走进来。他关上门，责备地说：

"这么早，你就来干什么？大呼小叫的，把全公寓的人都吵醒了！你怕别人不知道你神鞭公主驾到了是不是？"

"怎么，你每次见到我就要发脾气，"胡茵茵把手里大包小包的东西堆到床上说，"不欢迎我是不是？"

"你一来就惊天动地的，弄得整座楼的人都对我侧目而视——你那些是什么东西？"

"你来看！"胡茵茵兴高采烈地说，"为了挑选这些东西，我昨天晚上十二点多钟才回家。你看看喜不喜欢？"

她打开第一个纸包，是两件男人的毛衣和一件毛背心。第二个纸包里包括全部内衣裤和袜子，另外的全是衬衫裤子，还有两件长衫。她把长衫举起来，得意非常地说：

"我就知道你不爱穿西装，这两件长衫是我偷偷量了你的旧长衫的尺码去做的，你试试看合不合身……咦，你怎么，你在生谁的气？"

孟玮走过去，把那些衣服全抓起来，塞到胡茵茵怀里，冷冷地说：

"你走吧，把这些东西拿去送给你的男朋友去！"

"你是什么意思？"胡茵茵纳闷地问。

"你要让钱袋的事重演是不是？"孟玮气呼呼地说。

"这——"胡茵茵有些失措地说，"我们现在是朋友了嘛，你看，你一件春天穿的衣服都没有，要不就太厚，要不就太薄。你是我的朋友，接受我一点礼物又有什么，你为什么那样死心眼呢？"

"我孟玮可以穷，可以没衣服穿，但绝不接受施舍！"

"这又不是施舍，你为什么讲得那样难听？难道朋友之间不能馈赠的吗？"

"馈赠是彼此，你送我这东西，你让我用什么回报？"

"送礼一定要回报吗？孟玮，你的思想真狭窄，你太重视物质了。这些衣服用不了什么钱，但是有我的一片心，你只看到衣服，看不到我的心。"

"茵茵，"孟玮凝视着她的脸，坚决地说，"我接受你的好意，但是，衣服请你拿回去！"

"你怎么这样固执！"胡茵茵跺了一下脚，涨红了脸说，"我为你跑遍百货公司，挑选了整整三小时，你要我拿回去？我拿回去干什么？又没有人能穿！"

"随你拿回去干什么，给听差的、给司机都可以，反正，我绝对不能收！"

"孟玮！"胡茵茵生气地叫，"你辜负我的好意！人家买都买来了，就算你受了委屈，你也得接受！我保证以后再也不送东西给你，行不行？"

"不行！你拿回去！"孟玮坚定地说，"我不能让人家说我交到了阔气的女朋友，就仰仗女朋友而生活。假若你嫌我穿得太破烂，不配和你这位高贵的小姐走在一起，以后我们不交往就是！"

"孟玮！"胡茵茵气得脸色发白，嘴唇颤抖着，好半天才叫着说："你误会我！你故意冤枉我！我从没有嫌你穷！好吧！你不要就算了！不想跟我交朋友直接说好了，犯不着冤我！我早就知道你讨厌我，我以后再也不来找你！"说着，她在桌上拿了一把剪刀，赌气地把那些衣服抓起来，一件件地剪成碎片。剪着剪着，眼泪溢出了她的眼睛，颤抖的手拿不稳剪刀，竟一刀剪在手指上面，血涌了出来，立即把那件白毛衣染红了一大块，孟玮叫了一声，跳过来握住了那个伤口，胡茵茵愤怒地把手从他的手中抽出去，顺手抓住丢在床上的马鞭，故态复萌地对孟玮狠狠地抽过去。孟玮一动也不动，让她发泄乱打，直到她抽累了，丢下了马鞭，他才静静地说：

"打够了没有？气消了没有？"

胡茵茵抬起一对泪眼来望着他，在任性的发泄之后反显得茫然无助。他走近她，轻轻地拉住她，捧住她的脸，低声地说：

"茵茵，我爱你，但是讨厌你的钱。"说完，他俯首吻她，然后又说："我希望你不要这样富有，希望你不是胡全的女儿，不是身系百万金元的女郎，我不要人家说我为了钱而接近你。"

"孟玮，"胡茵茵狂热地说，"我可以跟你过苦日子，如果我们结婚……"

"你父亲反对我，我知道。"

"我父亲只认得钱，"胡茵茵皱着眉说，"但是，他赞不赞成是他的问题，我跟定了你。"

"跟定我？跟我住到这小阁楼里来？必须亲自下厨，亲自洗衣，亲自做一切的苦事。我的公主，你行吗？"

"我行！"她坚定地说，又加了一句，"不过，如果我们结婚，爸爸一定多少要给我一些陪嫁的。"

"如果我们结婚，"孟玮收敛了脸上的笑容说，"我不能接受你父亲一毛钱。记住，茵茵，我只要你的人，不要你的钱。如果你爱我，请别伤我的自尊。还有，我永不放弃绘画，永不会去经营你父亲的事业。你明白？"

"我知道，孟玮，你曾经说我骄傲，你比我更骄傲。不过，你会成为一个大艺术家，我要做个好妻子，帮助你，扶持你。"

这天晚上，孟玮正在屋里为一个出版公司画封面，这是他用来谋生的一种方法。突然，有人敲门，他开了门，外面，出乎他意料之外的是两个衣冠楚楚、满面公事的绅士，其中一个提着一个大皮包，很世故地问：

"请问，是孟先生吧？"

"是的。"孟玮迷惑地说，"你是——"

后者立即递给他一张精美的名片，上面印着金××律师，他诧异地把这两个客人迎了进来，金律师很会节省时间，立刻把话引入了正题，开门见山地说：

"孟先生，我是代表胡先生来和你谈判的。"

"胡先生？哪一位胡先生？"孟玮不解地问。

"孟先生，您别装糊涂了，就是胡全胡先生。"

"哦，他有什么事？"

"他想问您，您要多少钱肯对胡小姐放手？"

孟玮注视着这两个客人，突然纵声大笑了起来，一面站起身来，把门打开，做一个送客的姿势说：

"金大律师，请转告胡先生，他全部的财产都不在我的眼睛里。"

"孟先生，"金律师沉着气说，"我们是有诚意的，希望多多考虑。胡先生不是吝啬的人，不过，假如您不放手的话，对您也不会有好处。"

"怎样？难道你们还能杀了我吗？"

"不是这样说，您是明白人，胡先生的个性您一定听说过，如果他不认父女之情，您就一点好处都得不到。孟先生，您不要以为抓住了胡小姐，就可以钓到大鱼，胡先生不是那么容易对付的，放聪明点，别人财两空……"

"你说够了没有？"孟玮冷冷地问。

两个律师看出毫无商量的余地，却仍想做徒劳的尝试，一个说：

"孟先生，我们愿意出五十两黄金……"

孟玮把门开得很大，厉声说：

"滚！"

"孟先生，不要敬酒不吃吃罚酒……"

"滚！"孟玮大叫。

两个律师狼狈而逃。孟玮望着他们气冲冲地走下楼梯，自己倚门而立，越想越有气，越想越不舒服。抓了一件外衣，他带上门，冲下楼梯，一口气走到公共汽车站，搭车到杜美路，直奔胡家的大厦。

仰望着那座庞大的建筑物，他不禁浮起了一阵苦笑，这房子和他所住的小阁楼，简直是两个世界！像他这样的穷小子妄想和巨宅中的公主联姻，难怪别人把他和钱想在一起了。

司阍走来开了一道小门，伸出头来狐疑地望着他，用轻蔑而不满的口气说：

"你找谁？从后门走！"

大概他以为这是哪个下人的朋友了。孟玮昂着头，朗声说：

"去告诉你们老爷，有位孟玮先生要见他！"

司阍上上下下望了望他，断然地说：

"我们老爷不在家！"

孟玮一脚跨进了门里，怒声说：

"你去通报，会不会？告诉你们老爷，他要找的孟玮来了，要和他当面谈话，去通报去！"

孟玮这一凶，倒收到了效果，那司阍狐疑地走了进去，转告了另一个下人，没多久，孟玮被带进了一间豪华的大客厅。打蜡的地板使他几乎摔倒，四面全是落地的大玻璃窗，紫红色的绒窗帘从顶垂到地，地板光洁鉴人，设备豪华富丽。孟玮在一张沙发上坐下来，刚坐稳，一扇门轻轻一响，闪进一个穿着白衣、披着长发的少女，她对他直奔而来，叫着说：

"孟玮，你怎么来了？"

"茵茵，"孟玮沉着声音说，"我来以前，有一腔怒火，要告诉你父亲我要定了你，现在，我想改变主意了。"

"孟玮，你是什么意思？"胡茵茵紧张地问。

"我怕我会使你太苦，"他环视着室内，沉痛地说，"你是一朵温室里培养出来的花，移到风雨里去，我怕你会枯萎。如果你跟着我，那种生活可能是你现在无法想象的！"

"孟玮！"胡茵茵叫，"你根本就没有认清我！我告诉你，我和爸爸吵了整整一个晚上，我告诉他，如果不能嫁给你，我就死！"

"茵茵，你不怕苦？"

"有了你，无论怎么苦，也是快乐的。不是吗？"

孟玮正要说话，胡全走进来了。和一切大商贾一样，他有一个凸出的肚子和一对精明的眼睛。与一般人不同的，他个子奇矮，双手特大，但是，绝不给人滑稽的感觉，相反地，他有一种与生俱来的威严，使人不敢和他的眼光直接相对。孟玮本能地站直了身子，胡全上上下下地打量了他一个够，才冷冷地说：

"你就是孟玮？"

"是的。"

"你来干什么？"胡全灼灼逼人的眼睛紧盯着他。

"来告诉您，我要娶您的女儿。"

"告诉我？"胡全哈哈大笑，声震屋瓦，然后，他近乎愤怒地说，"哼！好狂的口气。我的女儿是这么容易娶的吗？小子，你要多少？开口说好了！我倒想看看你的胃口！"

"胡先生，"孟玮被激怒了，生气地说，"你的律师已经到我那里去过了……"

"我已经知道了，"胡全摆摆手说，"你嫌五十两金子太少是不是？"

"是的，太少了！"孟玮抬高了声音说，"你的女儿在你心目里，只值五十两金子，在我心里，是万金不换的！我告诉你，胡先生，你的钱不在我眼睛里，我要的是你的女儿不是你的钱！"

"哼！"胡全点了点头，冷冷地说，"别说得那么冠冕堂皇，谁不知道我胡全只有一个女儿，你的算盘打得太精了！可是，你斗不过我！你以为弄到了我的女儿，我的家产就稳稳地操在你手里了，是不？哈哈！你别打如意算盘，我绝不会让茵茵嫁给你！"

"爸爸！"胡茵茵跳了起来，叫着说，"我一定要嫁他！我已经到了法定年龄，你管不着我！"

"好呀！"胡全气得脸上的肥肉在跳动，"茵茵！你这个傻瓜！你以为这世界上有爱情！这穷小子只看中你的钱，如果你不是胡全的女儿，他才看不上你呢！"

"胡先生，"孟玮冷笑了，"你太抬高了自己，太看低你的女儿！我要娶你的女儿，但是不要你一个钱！"

"茵茵！你要嫁给这小子？"

"是的。"

"你跟定了他？"

"是的。"

"我告诉你！"胡全铁青着脸说，"如果你执迷不悟，你就跟这小子走吧！我马上登报和你断绝父女关系！你别想我给你一分钱的陪嫁，我什么都不给你，我要取消掉你的继承权！你跟这男人滚吧！去吃爱情，喝爱情，穿爱情，如果有一天你活不了，你就饿死在外面，不许回来找我！假如这男人欺侮了你，虐待了你，你也不许回来找我！我说得出，做得到，你听到没有？"

"爸爸！"胡茵茵昂然地说，"我从没有重视过你的陪嫁和你的财产，你看错了孟玮，是的，我要跟他走，永远不回来。不依靠你的钱，我照样会活得很快乐。我生活在这栋大厦里，像生活在一个精装的棺材里，到处只有钱臭，和一块硬币一样冷冰冰，我早就受够了！碰到孟玮以前，我几乎没有笑过，这男人你看不起，因为他穷，但他使我了解了什么是人生、什么是快乐、什么是爱情。他的生活比你富有得太多太多了！爸爸，真正穷的人不是孟玮，是你！你除了钱一无所有！孟玮却有天，有地，有世界，有欢笑！"

"说得好！"胡全暴怒地说，"你满脑子全是幼稚荒唐的梦想，没有钱，靠欢笑和爱情能生活吗？好吧！你马上给我滚，等你梦醒的时候，不许再回来！你就给我死在外边！"

"她会活着，而且会活得很快乐！"孟玮坚定地说，一面转头对胡茵茵说："茵茵，你收拾一下，我们马上就走！"

"你别后悔！"

"爸爸！"胡茵茵用同样的口气说，"我永不后悔！"

"那么滚，立刻滚！记住，茵茵，你走出了这个大门，就别想再走回来！"

"放心，爸爸，我死在外面也不回来！"

五分钟后，胡茵茵从里面出来，她穿着件白上衣，黑长裤，披着一件灰色的夹大衣，朴素得像个农家女，她把手里的马鞭郑重地放在父亲的面前，说：

"从此，神鞭公主死去了，另一个女人将接替她愉快地生活下去！"

她把手伸给孟玮，除了一身的衣服之外，没有带任何一样东西，坚定不移地跟着孟玮走出胡家的大厦。胡全木然地站在客厅里，凝肃地望着这两个年轻人走出去。那条被胡茵茵用惯了的马鞭，静静地躺在地上，反射着冷冷的光。

杭州。

在西湖边，清波门附近，有一栋小小的木造房子，原先，应该是一栋小巧精致的雅人居处，而今，由于年久失修，早已破烂不堪了。房子原有七八间，现在只整理出三间来，一间做了孟玮夫妇的卧室，一间稍稍清爽一些的，勉强算是客厅，另一间成了孟玮的画室。最初，孟玮把胡茵茵带到这儿来的时候，这里是门歪窗倒，院子里杂草丛生，野兔和田鼠筑巢而居，荒草及藤蔓一直爬到窗格子上。室内更是灰尘满布，蛛网密结。孟玮曾苦笑地说：

"几年没有回来，房子就变成这样了。茵茵，这是我唯一的财产，是我父亲留给我的。"

胡茵茵打量着屋子，微笑地说：

"能有片瓦聊蔽风雨，就很不错了，何况还有这样一栋房子，让我们把它整理起来，它会成为我们的皇宫。"

整理的工作进行得很慢，茵茵虽有吃苦的决心，却连割草都不会。但她一语不发，费了将近一星期，总算把满院的荒草除尽了。室内的家具，大半已被老鼠和白蚁所毁，他们勉强拼拼凑凑，整理出三间房间来，茵茵用毛巾包头，效仿农家女的样子穿短衣裤子，挽着裤脚，爬高下低，抹拭灰尘，又亲自糊窗纸。每到晚上就精疲力竭地倒在床上，不能动弹。孟玮抚摸着她，叹口气说：

"茵茵，你跟着我吃苦，我知道，你从没做过这些粗事，你怎么能做呢？"

"如果别的女人能做，我为什么不能做呢？"茵茵说。

孟玮握着她的手，她手上全是伤痕，菜刀割伤的、荆棘刺伤的、热油烫伤的……比比皆是。孟玮吻着这手，眼泪流到她的手上，他坚决地说：

"我要想办法改善这种生活，无论如何，要想办法雇一个老妈子，你不能再做这些粗事了。"

"老妈子能做的事，我也都能做。"茵茵说，"玮，你只管画你的画，家务事你别管。"

"看到你吃苦，我于心不安。"

"我是决心跟你来吃苦的，不是吗？"

"茵茵，告诉我，你在家里的时候，私人的丫头有几个？"

茵茵不响，半天才说：

"你说什么？"

"我问你，你在神鞭公主的时代，有几个丫头伺候你？"

茵茵停了一会儿说：

"我不认得什么神鞭公主，我只知道有一个胡茵茵，她是孟玮的太太，她没有丫头，她将伺候她的丈夫，使他成功。"

"茵茵！"孟玮叫，热烈地吻住她，"茵茵，我怎么报答你这一份爱？"

"给我相等的爱。"

"不！给你更多更多。"

"不可能更多了。"茵茵用手揽住孟玮的脖子，"我给你的已经是极限的数位了。"

深夜，西湖波平如镜，繁星满天，两人并倚在窗下数星星。清晨，茵茵却披衣而起，悄悄地溜下床来，不敢惊动孟玮，独自走进厨房里。隔日的疲劳犹在，四肢酸痛，眼皮沉重，她吸了一口气，鼓起勇气来，走到灶边，把木柴送进灶孔里，燃着了火，鼓着嘴拼命吹，浓烟弥漫全室，她呛咳着冲到厨房门口去透气，又怕火灭了，再折回来猛吹。火终于在一段奋斗之后燃了起来，她淘了米，放在灶上煮稀饭，自己倚在灶边打盹，一面按时向灶孔里添柴。疲倦袭击着她，她昏沉欲睡，直到"嗤"的一阵响，才发现稀饭开了，米汤正溢出锅外，几乎扑灭了炉火，她跳起来，手忙脚乱地揭开锅盖，没提防一股蒸汽直扑上来，手被烫了，锅盖掉在地下，发出一声巨响，她握着被烫的手，走到厨房门口，把受伤的手放进嘴里衔着，一面对着那熊熊的火发怔。孟玮冲了过来，紧张地问：

"怎么回事？"

"没什么。"茵茵掩饰地把手藏到身后去。

"烫着了吗？"孟玮问。

"没有。"

"给我看！"

茵茵伸出手来，手上红了一大片，孟玮说：

"擦点油吧，我等会儿去买一盒治烫伤的药来。"

茵茵用一些花生油抹在手上，忽然间，一阵饭焦味扑鼻而来，茵茵喊了一声：

"糟糕！"把饭锅端下来一看，已经全烧焦了，孟玮说：

"我看，你是放的水太少了，所以这么快就焦了，火似乎也太大了一些。"

"昨天的稀饭水放得太多，变成在一锅米汤里捞米粒，今天又太少了，连煮一个稀饭都这么困难！"茵茵沮丧地说，有点儿眼泪汪汪。

"慢慢来，一切都只是经验问题，慢慢地就好了。"孟玮安慰地说，但是，离开厨房后，他摇摇头，下决心地自语了一句，"不行，我不能让她这样下去，她是不该困于厨房之中的！"

这天起，孟玮开始四出谋事，但是，一连一星期，却找不到一个能糊口的工作。而米缸里粮食日少，家用越来越拮据，茵茵努力学习着做一切的事，但她很快地憔悴消瘦下去。孟玮一直怕这朵温室的花被他移植后会枯萎，而今，他眼看着她日益憔悴，不禁心惊肉跳。他劝她休息，但她固执地操劳如故。

一个月之后，他依然没有找到适合的工作，茵茵说：

"你是个画家，你的天才会被人赏识的，既然找不到事，不如干脆画上一百张画，开一个画展，只要有人欣赏你，那么，你就很可以靠卖画为生了。"

孟玮采纳了茵茵的意见，他们度过了一段十分艰苦的生活。他每天清晨就背着画架出外写生，茵茵在家中操持家务，家中居然弄得窗明几净，井井有条。他们的菜钱已降低到最低限度，每日以青菜豆腐和一些腌萝卜为生，吃得孟玮倒足胃口，他不用问，也知道茵茵是食不下咽的。每看到她跪在地下搓洗衣服，或埋在厨房的油烟之中做饭，他就感到内心绞痛，但又无力改善她的生活，有时他想帮她的忙，她却坚决地说：

"不！你去画你的画！别管我，我做得很好！"

于是，咬咬牙，他又去开始一张新画。

这年夏天，他的画展终于展出了。可是，却完全失败了。他既无社会关系，又无地位身份，再者，画的程度也不足以惊世，结果失败得惨不忍睹。没有一个人给予好评，卖出的几张画得来的钱不足以弥补开画展所背下的亏空。这失败打击得他一蹶不振。茵茵强作欢颜来鼓励他，可是，一天夜里，他听到她在床里暗暗饮泣，他伸手去摸她，一接触之间，才发现往日的丰肌玉脂，如今只剩得骨瘦如柴。他悚然而惊，从床上坐起来，浑身全是冷汗，一个念头闪电般在他脑子里穿过：

"我在谋杀她！她要为我而死了！"

茵茵听到他坐起来，立即遏止了哭声，慢慢地，她也坐起来，轻轻地拉住他的手，掩饰地说：

"我……我只是做了一个噩梦。"

"茵茵！"他叫，抱着她的头痛哭了起来，到这时，他才体会到"贫贱夫妻百事哀"的滋味。

第二天，他出去了一整天，深夜，才摇摇晃晃地走了进来。茵茵迎上去，发现他已喝得酩酊大醉，他酒气冲天，举步不稳，茵茵知道他本很善饮，奇怪他何以一醉至此。她扶他到卧室里去躺着，他又哭又笑，胡言乱语了半天，才说了一句正经话：

"茵茵，我找到工作了。"

"哦！"茵茵高兴地喊，"是吗？"

"是的！我有工作了！"孟玮仰天大笑，眼泪溢出了眼角，口齿不清地说，"你别愁，茵茵，我总养得活你！"说完，他就大大地呕吐了起来。

到第二天，茵茵才知道他致醉的原因，他所找到的工作，是一家广告公司里画广告的，待遇很苛刻，每天还要上八小时班。而这种画广告的工作，还是孟玮生平最不齿的，他认为那是"画匠"的工作，稍有志气的人都不屑于干的，孟玮在上班以前，对茵茵惨然一笑说：

"茵茵，从此，你的天才画家丈夫，只是一个画画火柴盒、香烟罐、京戏广告的画匠了。"

茵茵说不出劝他不干的话来，虽然她知道他希望她阻止他去。但是，米缸里已经空了，而肚子问题，总比骄傲和自尊更严重些。

夜深了，窗外起着风。

茵茵听到大门响，她疲倦地爬起床来，披上一件衣服，走到院子里去开开大门。孟玮几乎是跌了进来，她慌忙伸手扶住他，用尽力气把他半拖半扶地弄进房里。他跌跌撞撞地向前走，满眼睛都是血丝，怀里还抱着一瓶酒，茵茵扶他坐在床上，他坐不稳，倒到棉絮上，怀里的酒瓶滚了出去，他慌忙抓住酒瓶，嘻嘻地笑着说：

"你别想跑，你才跑不掉哩！"

"玮，"茵茵摇着他，"你又喝醉了，你答应过我不再喝酒的，你怎么又喝了？"

孟玮醉眼迷离地望着茵茵，把她拉倒在床上说：

"茵茵，我看得出来，你快变成个老太婆了，你脸上已经都是皱纹了，等你老得超了生，下辈子你就可以嫁一个真正的画家！"

"玮，"茵茵含满了泪，痛苦地说，"如果你不高兴那个工作，你就辞职吧！我们苦一点没关系，你再去画画，总有一天，你会成功的。"

"茵茵，嘘！"孟玮神秘地说，"别说话！纺织娘就要来了！"

"玮，你在说些什么呀？"

"茵茵，别愁，我养得活你，你会过得很快乐……你放心，我养得活你……"

"玮，玮，孟玮，我跟你说，别再喝酒，怎么苦我都愿意，请你！玮，玮，唉！"

孟玮已经呼呼大睡了，茵茵长叹了一声。给他脱去了鞋子和外衣，用毛毯盖住他，自己呆呆坐在床沿上，自言自语地说：

"这种生活怎么过下去呢？"

"玮，你答应我，不再喝酒好不好？"

"不喝酒，干什么呢？"孟玮粗鲁地说。

"你可以画画……"

"画画？有谁要我的画？"

"慢慢来呀，没有一个成功的人是不经过奋斗的。"

"在我奋斗的时候，我给你吃什么？"

"但是，喝酒并不能解决问题。"

"别对我说大道理，茵茵，我现在只有喝酒一个乐趣！"

"如果你不停止喝酒，我们要永远穷困下去！"

"你嫌我穷了是不是？神鞭公主，你嫌我穷就去找你那个有钱的爸爸好了！"

"孟玮！你不公平！"

"这世界没有公平！"门"砰"的一声关上了，孟玮已走了出去。

"茵茵，别哭！"

"茵茵，是我不好，别哭了。"

"茵茵，你原谅我，我发誓再也不喝酒。"

茵茵抬起泪痕狼藉的脸，抽噎地问：

"你的誓言能维持几天？"

"这一次，是永远。"

"玮，我不怕跟你吃苦，但是，要有价值。"

"我知道，茵茵，我不会辜负你。"

"但愿你能维持你的誓言，真的不再喝酒。"

"这次一定是真的。"

孟玮推开家门，摇晃着走进去，跌坐在客厅的椅子里，把头埋进手心里，手指深深地插在头发中。茵茵从厨房里赶了出来，急急地走到他身边，把手放在他的头发上，接着就紧蹙了一下眉说：

"玮，你又喝了酒？"

"别说！"孟玮从齿缝里叫。

"你怎么了？"

孟玮抬起头来，一把拉住了茵茵的手，握紧了她，仰着头说：

"今天，我把最近完成的画拿去给杭州艺专的教授看，被批评得一钱不值。以前，我总以为自己有天才，现在，我知道我只是个最平凡的人！茵茵，你的眼光错了！"

"别这么说，"茵茵匍匐在他的脚前，把手腕放在他的膝上，"慢慢来，慢慢努力。凡·高当初不是也被批评得一钱不值吗？你会成功的，最起码，我相信。"

"世界上只有你相信，茵茵，你是个傻瓜！"孟玮流泪了。

"真正的艺术总会被发现的，玮，千万别灰心！巴哈死后一百年才被人发掘出来呢！"

"我不想做巴哈，"孟玮含泪说，"我也不能让你像巴哈的妻子那样死于饥饿。你要快乐地活着，快乐地，永不被饥饿穷困所苦。我不愿看到你操劳，我要让你享受，你懂吗？死后的名利对我们有什么用呢？"

"玮，不要为我担心，不要为我痛苦，我过得很快乐，真的。假如我绊住了你，使你无法努力，我就罪孽深重了。"

"你过得很快乐？快乐使你脸上失去了健康的颜色？使你憔悴消瘦，使你日见枯羸？"

"你不要为我操心……"

"我能吗？看到你就让我心痛……"他猛然站起身来，走

163

到厨房里去，一会儿，他拿了一瓶酒出来。茵茵赶上去，握住他的手，乞求地说：

"你不要喝酒，行吗？你答应过多少次了。"

"让我喝一点！"孟玮推开她，握着酒瓶坐进椅子里，说，"广告公司的老板今天把我叫去大训了一顿，他说他不是雇我去发挥艺术的，是要我画广告，必须收到广告效果。他对我穷吼：'把颜色画浓一点，那些灰秃秃的山呀水呀用不着，画个女人提着裙子站在水里面就行了……'哼，我学了这么久的艺术，现在来受这种窝囊气！"他举起瓶子，喝了一大口酒，眼眶浮肿，眼睛里布满了红丝。

"玮，酒瓶给我……"

"不，你走开一点，让我痛快地醉一醉，如果我不喝酒，我就要爆炸了！"他高举着酒瓶，对着嘴灌进去，然后，他击着桌子，直着喉咙高唱，"君不见，黄河之水天上来，奔流到海不复回。君不见，高堂明镜悲白发，朝如青丝暮成雪。人生得意须尽欢，莫使金樽空对月。天生我材必有用，千金散尽还复来……"

茵茵摇摇头，跑进了卧室里，痛苦地把头埋进枕头里。孟玮大唱的声音依然传了进来：

"……岑夫子，丹丘生，将进酒，杯莫停。与君歌一曲，请君为我倾耳听。钟鼓馔玉不足贵，但愿长醉不愿醒……"

茵茵用手掩住了耳朵，闭上眼睛，沉痛地自语：

"怎么办呢？这是怎样的一种生活！这样的岁月何时能止？何时能休？"

孟玮大唱大闹，一直吵到深夜。然后，他突然冲进画室里，没一会儿，茵茵看到他抱出一大堆平日精心所绘的画来，向外面走。茵茵追过去，拉住他说：

"你把这些画拿到哪里去？现在已经是半夜了！"

"我把它沉到西湖里去！"孟玮说，踏着醉步，踉跄地向外走。

"不要！"茵茵叫，"你发疯了！把画给我！"

"你不要管我！"孟玮想推开茵茵，但是，茵茵死死地抱住他的脚，不放他出去，他挣扎着，嘴里乱嚷乱骂，"混蛋！快松手！你这个臭女人！给我滚开！滚得远远的！"

"你不能去！你醉了！"茵茵哭着叫，"你淹掉了画，明天清醒了就要后悔！"

"你给我滚开！听到了没有！混蛋！简直混蛋！"孟玮一面推茵茵，一面挣扎地向门口走，茵茵缠得很紧，他无法脱身，脚步又踉跄不稳，一阵挣扎之后，他站不住脚，两个人一起滚倒在园子里，画散了一地。孟玮摇晃着站起来，剧烈地喘着气，在酒醉中大怒起来。他瞪着血红的眼睛，抓起了茵茵胸前的衣服，咬牙切齿地说：

"你这个贱人，我今天要你的命！"

茵茵惊叫了一声，孟玮已给了她兜胸一拳，她眼前一阵发黑，倒在地下。孟玮又直扑了过来，像一只野兽般对她大声咆哮，拳打脚踢。茵茵在地上打滚，哭着喊：

"孟玮，别打！求你，孟玮！"

可是，孟玮在狂怒中殴打不止，直到茵茵声嘶力竭，蜷缩在地下无法动弹，他才收了势，喘着气走进卧室，立即倒在床上呼呼大睡了。

茵茵勉强支撑着站起身来，眼前发黑，四肢连同浑身上下，无一处不撕裂般地痛楚着，她不稳地扶着墙走进客厅，就力乏地倒在一张椅子里，她抓住椅背，在痛苦中泪下如雨。

"不能这样过下去了，明天，我一定要走了。"她酸楚地想，"我可以和一个穷艺术家一起生活，但无法和一个酒鬼一起生活。"

第二天早上，孟玮醒了过来，昨夜的事在他脑子里朦朦胧胧的，一点都不清楚，只模糊地感到好像发生了什么。他叫了两声"茵茵"，没有人答应。他下了床，走进客厅里，一眼看到茵茵正睁着一对大而无神的眼睛，呆呆地靠在椅子里。他走过去，不禁大吃一惊，茵茵鼻青脸肿，头发凌乱，满面泪痕。他骇然地蹲下身子，抓住她的手臂，她瑟缩了一下，他才看到她手臂上也是伤痕累累，他惶然地问：

"茵茵，这是怎么回事？"

听到他问怎么回事，茵茵心中一酸，热泪立即夺眶而出。看到孟玮那惊恐无助的表情，她知道他并不明白昨夜做了些什么，一种怜悯和同情的情绪又油然而生。她抽噎地说：

"你难道不知道？"

"真的，我不明白，是怎么弄的？"

"问你自己！"

"问我？"孟玮蹙起了眉头。

"忍饥挨饿，我都可以受……"茵茵流着泪说，"但是，孟玮，你别再打我！"

"我打你？"孟玮骇然地叫，于是，昨夜的经过，模糊地出现在他的脑子里，眼望着遍体鳞伤的茵茵，他不禁心如刀绞、五内如焚。抚摸着茵茵的伤痕，他抱头痛哭起来。

"茵茵，我该死，我该死，我该死！"他反复哭叫着这两句，捶胸顿足，泪下如雨。反而是茵茵拉住了他，于是，他抱着茵茵，又泣不可抑，赌咒发誓地对茵茵说：

"如果我再喝酒，我就不是人！假若我再碰伤你一根毫毛，我就死无葬身之地！"

"玮，别发誓，"茵茵哀婉地说，"如果你能真心戒酒，我们再好好地开始。你记不记得我们离开杜美大厦时，在爸爸面前说的豪语？我发过誓，死在外面，也不回杜美路的！玮，别让我真的死在外面，别让我对爱情灰心！"

"茵茵！茵茵！"孟玮痛悔地说，"我对不起你！但我保证，这种事不会再有第二次了！"

"但愿如此！"茵茵祈祷似的说。

事隔三天，孟玮被广告公司裁退了，因为他的画没收到广告效果。

他又喝得酩酊大醉回家，当茵茵上前责备他违誓的时候，他给了她一耳光，咆哮着说：

"滚！给我滚得远远的！"

茵茵回到房里，含泪收拾东西，预备立刻离开。但，当她提着包裹走出来，看到孟玮已倒在地下睡着了，她的心又软了下来。她望着那年轻而漂亮的脸，不由自主地坐在他身边，怜悯、同情和那未曾熄灭的热爱都同时在胸中蠢动。她用手抚摸他，像一个溺爱的母亲抚摸她的孩子。一时，她泪如泉涌，喃喃地说：

"知有而今，何似留初莫。"然后，她哭倒在他的身旁，一再地说："叫我怎么离开你？叫我怎么离开你？生死不渝的恋爱难道就这么禁不起考验？我怎能离开你？我怎忍离开你？在你如此落拓潦倒的时候？"

于是，这一缕柔情，又把她系在他身边，而日以继夜，他的酗酒殴妻，却变成了家常便饭。

在西湖边的第二年春天，茵茵生了一个女孩子，取名小葳。

生活变得更加困苦了，三餐不继，衣履无着。孟玮酗酒如故，喝醉了就回家打人，醒了再痛哭流涕地后悔。茵茵接了许多抄写的工作来，勉强维持家庭，孟玮也偶尔卖一两张画，买的人纯粹是同情茵茵而勉强购买，孟玮了解这一点，心中沮丧郁闷到极点。

这天晚上，孟玮醉醺醺地回到家里，才走进大门，就看到茵茵仓皇地抱着小葳，躲在壁角。他向她们走过去，茵茵立刻受惊地喊：

"别！玮，你会打伤孩子！你别过来！请不要伤害我的孩子，她还那么小！"

孟玮瞿然而惊，他站住，酒醒了一大半。这才发现茵茵对他是如此之恐惧，好像他不是一个人而是个魔鬼。她抱着孩子，浑身战栗，用一对防备的眸子惊恐地望着他。他感到心中一寒，立即全身冷汗，在茵茵眼睛里，他看出了自己，那个酗酒、打人、咒骂……的恶汉！他打了一个冷战，踉跄地退到园子里。园中月明如昼，夜凉似水，清新的空气使他脑中再一爽，他不由自主地在庭心跪下，仰首向天，喃喃自誓：

"我孟玮如再喝酒打人，将永劫不复了！"

他跪着，从深夜一直跪到天亮。茵茵不放心，出来看他，他说了许多懊悔的话，他们在曙色中拥抱痛哭，共同祈望着光明的未来。她始终认为，她的孟玮不会沉沦的。

他改好了三天，第四天，他又酗酒如故，于是，茵茵开始明白，她所爱的孟玮已经死去。

这是个大风大雨的夜晚。

孟玮握着酒瓶，七颠八倒地冲回了家里，茵茵正在灯下抄写。他的样子使她害怕，她站起来，想躲开他，但他一把抓住了她，叫着说：

"你每次看到我就跑，难道我会吃了你！"

"请你放开我！"茵茵战栗地说，"你别再打我！上次你把我的手打伤，害我一星期不能抄写，你放开我，请你！我还有好多工作要做，你放开我！"

"你说我让你受苦了，是不是？"孟玮挑衅地问。

"我没说什么，是我甘愿跟你受苦的。"茵茵说，一时回忆往事，"神鞭公主"的时代早已如烟如梦，不禁痛定思痛，而泪流满面了。

"你哭！我还没有死，你就给我哭丧！"孟玮大骂地说，"就是你拖住我，使我不能发展，你还一天到晚鬼哭神号！"

"孟玮，你说这话太不公平！"茵茵哭着说。

"我不许你哭！"孟玮恶狠狠地喊，"我没有亏待你！这世界上没有人赏识我，这不是我的过错！我没有要亏待你，我一直想给你好日子过，命运不好又怪不了我！你哭什么鬼！你怪我欺侮了你？虐待了你？"

"我没有怪你。"茵茵说着，哭得更厉害了。

"你给我闭起嘴来！"孟玮狂叫着，打了茵茵一耳光，"我没有亏待你，你为什么要哭？"

"你别打我，我不哭了！"茵茵挣扎着说，眼泪却不受控制地涌了出来。这激发了孟玮的怒气，于是，又是一阵拳打脚踢。正在纠缠之中，一声清亮的儿啼声传了过来，使孟玮浑身一震，他停了手，侧耳听着孩子的哭声，一种天然的父爱在他心中升了起来，他的酒醒了。于是，他昏然地摇摇头，向女儿的床边走去。茵茵惊喊了一声，就冲过去，从床上抢起了孩子，抓了一条毛毯裹住，向门边退去，一边退，一边恐怖地说："你可以打我，不要打孩子！不要……不要……"

孟玮愕然地呆了一呆，走过去说：

"我没要打她……"

看到孟玮走过来，茵茵狂叫一声，抱紧了孩子，拔腿就向外跑。孟玮追上去，叫着说：

"我不打你们！快回来，外面那么大的风雨……"

可是，茵茵已抱着孩子，投身于风雨之中了。孟玮追了出去，大声地叫着："茵茵！回来！小葳！回来！茵茵！小葳！"

茵茵听到身后的喊声，就越发狂奔不止。她绕着西湖的岸边跑，直到听不到孟玮的声音为止。她站住了，风雨狂扫着，她的衣服已经湿透了，她搂紧了小葳，四周漆黑如墨，只有半山的寺庙里有着灯光，水面波光粼粼，雨声瑟瑟。她茫然伫立，不知该何去何从。

"家，是不能再回去了。"

她茫然地想着，雨更大了。

"茵茵！回来！"

"小葳！回来！"这呼声使她悚然而惊，她想跑，但是，跑到何处去？一刹那间，她想起自己百万财产的父亲，同时，父亲那冰冷冷的声音也荡在她耳边：

"等你梦醒的时候，不许来找我！你就死在外边！"

她凄然而笑。

"茵茵！回来！"

"小葳！回来！"

呼声更近了，她仓皇四顾，找不到可以遁身的地方。她对湖水望过去，湖水无边无际地伸展着、荡漾着……她闭上眼睛，感到头晕目眩，一个站立不稳，湖面就对她的脸直扑了过来。一阵冰冷的浪潮攫住了她，她想喊，但水涌进了她的嘴里，她再也喊不出来了。

孟玮沿着湖岸狂奔狂叫，声嘶力竭，所有住在湖边的人，都听到这风雨中惨号般的呼叫声。第二天黎明，他在湖边发现了那条包裹小葳的毛毯和茵茵的外衣。他呆呆地站着，望着那广阔的湖面，又望望地上所遗留的两件东西，他对地上的衣服扑过去，拿起了那件衣服，衣服上沾着一根枯枝，他拾起了小树枝，摩挲着它，泪流满面，自言自语地说：

"这是茵茵的手臂，她已瘦成这样子了！"

他小心地用那件外衣，裹起了树枝，紧紧地抱在怀里，踉跄地向前走，一面低低地说：

"我要你活得快快乐乐的！茵茵！我爱你！"说着，摸摸那树枝，又摇头，叹气，流泪，"茵茵已经这么瘦了！我的茵茵病了！"

从这日起，孟玮疯了。茵茵和小葳的尸首始终没有捞获。神鞭公主从此而逝，留下了一个破碎的梦和一条鞭子。

每到风雨之夜，孟玮仍沿着湖边找寻他的妻女，惨叫之声，几里路外都可听到。

"茵茵！回来！"

"小葳！回来！"

好，第四个梦已经完了。

小纹，抬起头来吧，故事已经结束了。怎么，你流泪了？孩子，日月永不间断地运行，多少的悲剧都过去了，多少的喜剧也过去了，这只是一个小小的、凄凉的梦，让它也过去吧！逝者已矣，何必伤心？

你听，窗外那淅淅沥沥的声音，是什么时候，已经开始下雨了？

第五个梦

归人记

广楠的手扶在驾驶盘上，把车子缓缓地向前开动。他并不匆忙，由昆明来的班机要十一点钟才到，现在才刚刚过了十点。事实上，他是不必这么早到飞机场的，但是，自从接到晓晴归来的电报之后，他就没有好好地平静过一小时，今天，晓晴终于由昆明飞重庆，他就算不到飞机场上，也无法排遣这一上午焦灼的期待的时光。因此，他宁可早早地坐在候机室里，仰视窗外的白云蓝天，仰视那带着她的巨物翩然降临。

车子向前滑行，扬起了一片尘雾。他凝视着前面的公路，不相信自己会过分激动。激动，属于青年人，不属于中年人。可是，他握着方向盘的手已不稳定，他直觉地感到自己每个毛孔中都充塞着紧张。晓晴，她还和以前一样吗？十年，能够让一个女人改变多少？他脑子里的晓晴，仍然是十年前那副样子：淡淡的装束，淡淡的服饰，淡淡的浅笑的脸上，带着一抹淡淡的情意。就是那样，飘逸的，清雅的，如凌波仙子般一尘不染。近几天来，他曾揣测过几百次她可能有的改变，但，他心目中出现的影子，永远是十年前那样飘然若仙。

尘雾扬起得更多了，玻璃上积着一层黄土。他觑眯起眼睛，仿佛又看到她——晓晴。

晓晴原来的名字叫小琴，她嫌俗气，进了高中之后，自己改名叫晓晴，广楠曾笑着说：

"小琴，晓晴，声音还不是一样。"

"写起来就不一样。"她瞪他一眼。那年，她才十五六岁，拖着两条长长的小辫子。

晓晴是广楠表姨的女儿，算起来也是表兄妹。但，晓晴自幼父母双亡，被托付给广楠的母亲，因此，她也算是宋家的一员。从八岁起就寄居于宋家，在宋家受教育，在宋家生活、成长。

一瞬间，十五六岁的女孩就变成了十八九岁。

很小的时候，广楠就听母亲说过：

"晓晴迟早要做我们宋家的人，看着吧！"

广楠是宋家的独子。到广楠念大学的时候，每想到这句话，心里就甜丝丝的。可是，在晓晴面前，他反失去了儿时的洒脱和无拘无束，只因为晓晴浑身都带着一种咄咄逼人的雅洁和宁静，使他在她面前自惭形秽。

宋家是重庆的豪富之家，广楠自幼被呵护着，捧菩萨似的捧大，难免养成了许多公子哥的习气。例如，他爱吃炒鸡丁，饭桌上就没有一餐缺过炒鸡丁。他爱养鸟，家里的廊前檐下，就挂满了鸟笼子。一天，他提着个鹦鹉笼，正在费心地教那鹦鹉说话，晓晴不知从哪儿绕了过来，穿着件白底碎花旗袍，两条乌油油的大辫子，一对清清亮亮的眸子，对他似笑非笑地凝视着，他至今记得她那神态，像是关心，像是嘲讽。她把胳臂放在栏杆上，看着他教，他反而不会教了。她笑笑说：

"以前林黛玉的鹦鹉会念'侬今葬花人笑痴，他年葬侬知是谁？……一朝春尽红颜老，花落人亡两不知！'你的鹦鹉会念些什么？"

"它只会说：'早，请坐！请坐！'"广楠讪讪地说。

晓晴嫣然一笑，他这才看出她笑容里那份淡淡的嘲讽，她说：

"把它的舌头再剪圆一点，或者也能教它念念诗。反正除了教鹦鹉，你也没什么事好干！"

从此，他不敢在她面前教鹦鹉。

另一次，他和几个同学到一个重庆市有名的地方去喝了一些酒，夜游归来，踏着醉步，踉跄而行。才走进内花园，就看到晓晴靠着栏杆站着，在月色之下，她浑身散发着一层淡淡的光影，白色的衣裳裹着她，如玉树临风，绰约不群。他走过去，有些情不自禁地伸手抓住她裸露的手臂，借酒装疯地说：

"晓晴，是不是在等我？"

她不说话，但用她那黑亮的眼睛静静地望着他，望得他忐忑不安，在她宁静的注视下，他觉得自己越变越渺小，越变越寒碜。终于，她安详自若地说：

"表哥，你醉了。"

"是的，我大概是醉了。"他放开了她，感到面颊发热。
她心平气和地说：

"回房去吧，别再受了凉。"

他立即走开了，在转身的一瞬间，他又接触到她的眼光，
他看到一些新的东西，那里面有温柔的关怀和近乎失望的痛
心。他一凛，酒醒了，心也寒了，第一次，他看出晓晴可能
不会属于宋家了。

车子开进了珊瑚坝飞机场，在停车场停下车子，他走出
车门，站在广场上，看了看天。好天气，天蓝得耀眼，早晨
的雾早就散清了。走进了候机室，表上的时间是十点十二分。
在一张长椅子上坐下来，燃起了一支烟。候机室里冷清清的，
只有寥落几个人在等飞机，远远的一张椅子上，躺着一个断
了一条腿的军人。

他吸了一大口烟，望着吐出的烟圈往前冲，越冲越淡，
终于扩散而消失。手上的烟头，一缕缕轻烟在袅袅地上升着。

他始终后悔把若梧带进他的家。至今，想起若梧，他心
里还是酸溜溜的、别扭的。

若梧是他大学里的同学，短小精悍的个子，剑眉朗目，
长得还算漂亮，就吃亏个子太矮。但，他很会说话，很幽默，
又很风趣。而且，为人很好，是地道的四川人，不像广楠是
从北方移来的，也有四川人的那份侠义之风，在学校里，他
也算个出风头的人物。

他记得怎样把若梧介绍给晓晴：

"这是李若梧，我的好朋友，这是徐晓晴，我的表妹。"

晓晴淡淡地一笑，点了个头，若梧的眼睛立刻亮了亮。那天，他们三个谈得很高兴，晓晴笑得很多，若梧谈笑风生，潇洒倜傥。他们畅谈文学诗词，若梧发表了许多独到的见解，晓晴眉毛上带着赞许，眼睛里写着钦佩。他立即知道自己做了一件大错事，但是已来不及挽回了。

当天，在校中，若梧问他：

"你那个表妹，和你怎样？"

"怎么说？"他犹疑地问。

"如果你对她没意思，那么，坦白说，麻烦你做个牵线人……""哼！"他哼了一声。"那么，老弟，你是有意思了，放心，广楠，我李若梧决不掠人之所好！广楠，你真有福气，千万别错过她，我从来没看过这样可爱的女孩子！"

可是，若梧虽然这样说，他却成了宋家的常客。没多久，广楠就发现晓晴和他很谈得来。而且，晓晴认识他没几天，就好像比和共同生活了十几年的自己更没有隔阂。他们在一起，晓晴就比平常快活，她的笑变成了广楠心上的压力。因此，每当他看到晓晴对若梧微笑，他就感到被嫉妒烧得发狂。

一天，家里来了一群年轻的客人，有晓晴的男女同学，有广楠的同学，还有若梧。他们在大厅里玩得非常开心。他们玩成语接龙，接不出的被罚。若梧被罚了一次，他唱了一支法文歌，歌名叫《你明亮的眼睛常在我心里》，广楠一肚子不高兴，他觉得若梧这首歌是专对晓晴唱的。接着，晓晴也被罚了，她也唱了一支歌，是《燕双飞》，她柔润的声音唱出"燕双飞，画栏人静晚风微……"的时候，她的眼睛轻轻地瞟了若梧一眼，虽然瞟得那么快，广楠却没有放过。顿时，他感到好像浑身都浸进了冷水里，全身不自在了起来，他认为晓晴是故意被罚，而借歌声在向若梧暗示什么。于是，他兴味索然了，在嫉妒与不安的情绪下，他接龙接得一塌糊涂，一连被罚了好几次，晓晴微笑地望着他，似乎奇怪他的反常，他觉得她的微笑中带着讽刺和轻蔑。于是，他更生气，他故意接错成语，故意结结巴巴接不出来，晓晴的眉毛向上抬，笑意更深了。他沉不住气，突然说：

"我有点急事，要先退一步，你们继续玩吧！"

但是，若梧跟了上来说：

"我也有点事，一起走吧！"

或许是若梧故示大方，不留下来，表示没有追求晓晴的意思。但，广楠却不领他这份情，因为，他注意到当他掀起门帘，和若梧退出房间的时候，晓晴眼睛里的生气完全消失了，一脸的怅惘和懊丧。他知道，这份怅惘不是为他而发的，是为若梧。

当天晚上，他借故到晓晴房里去，一眼看到晓晴正摊着一本《白香词谱》，在那儿填词呢。他冒失地冲上前去说：

"填了什么句子，给我看看！"

晓晴立刻把桌上的纸一把抓起来，揉成一团。可是，广楠眼尖，已经看到了两句话，是：

卷帘人去也，

天地化为零。

　　他感到一股酸气从胃里直往上冲。"卷帘人去也，天地化为零。"这显然是写白天的事，那个卷帘而去的人当然不会指他，而是若梧。若梧的离去竟然使她有"天地化为零"的感觉，这份情态的深厚也就可想而知了。这股酸气一冲把他原来的来意都冲掉了，他呆愣愣地站着，晓晴也默默无言。他知道晓晴明白他已看到了词里的句子，因此红着脸不好意思开口。她那微红的脸和羞涩的眼睛使他爱得想杀死她，如果这脸红和羞涩是为他而发，那有多好！但她是为了另一个男人！这令他无法忍耐，终于，他跺了一下脚，长叹一声，离开了她房间。

　　这之后的一天，他看了个朋友后回家，发现若梧正和晓晴在花园中谈话，他们站得很近，脸对着脸，若梧的表情是热烈而诚恳的。晓晴呢，他永不会忘记她那副样子，那绯红的双颊和水汪汪的眼睛……他走过去，他们同时发现了他，两人都显得很不好意思，晓晴搭讪了两句话就走了。他把若梧拉出了家门，散步到河边，两人都阴沉沉的不开口。然后，在嘉陵江畔，他对若梧的下巴挥了一拳，他把一腔的嫉妒和怨恨全发泄在拳头上，这次打斗很快就被路人拉住了，他咬着牙，对若梧说：

　　"你永远不要上我家的门！永远不许对晓晴转念头！"

　　若梧凝视着他，一句话也不说。

这之后，若梧倒是真的没有再上他家的门，也没有纠缠晓晴，但是，晓晴对他也更冷淡更疏远了。他猜晓晴一定知道了他和若梧打架的事，她用一种令他心痛的沉默和冷峻来抗议他的行为，这比骂他打他更让他难过，每次看到了她冷漠的脸和转开的头，他就感到浑身被撕裂似的痛楚。在这时候，他已清楚地明白，晓晴是真的不会成为宋家的人了。

一支烟烧完了，他换了一支，表上的时间是十点半。思想已绕了那么一个大圈子，时间才只走了这么十几分钟。他往后靠在椅子上，候机室里的人已经渐渐多了，空气变得混浊了起来。前面一张椅子上，来了一个老太太，大概是来接儿子或是女儿的，看她那股期盼劲儿，也是多年的离散了吧。

晓晴是一九三六年的春天走的，到现在刚好整整十年。十年，人世的变化已经有多大！一次惊天动地的战争已发生而又结束了，在这战争中，许多人死了，又有许多人生了。死于战争的，例如广楠的父母，就在一九四一年的重庆大轰炸中丧生。而广楠的三个孩子，却在这段时期中陆续出世。

他又深吸了一口烟。父母！他还记得父母为他和晓晴的事曾经怎样操心过，怎样徒劳地努力过，怎样热心地撮合过……

"晓晴？晓晴是我们家带大的，凭我们的家世和财富，难道还委屈她了吗？为什么不肯？这事由我来跟她说，一定没问题！"母亲用坚定的声音说。

于是，那天晚上，晓晴被带进了母亲的屋子。广楠仍能清晰地回忆出她踏进房来那一刹那，望望母亲，望望父亲，又望望广楠，脸色立即显得十分不安。至今，他仍然懊悔那晚大家对晓晴的逼迫，那种情况，和父亲严肃的面孔，真有点像三堂会审。

"晓晴，到我这儿来。"母亲首先把晓晴拉过去，按在身旁的椅子里。晓晴被动地坐着，被动地望着父亲和母亲，有种听天由命的神情。

"晓晴，"父亲咳嗽了一声，严肃地说，"你知道，男大当婚，女大当嫁，你今年也十九岁了，广楠也二十五了，都早已到了该结婚生子的年龄。你是我们家里带大的，和广楠可说是青梅竹马，这事早就是定局了。我看，你们已经长成，我们就择个日子，把婚事办一办，也让我们两个老人了一件心事。"

父亲说话的意思，显然采取了先声夺人之势，想用理所当然的态度，立即就堵住晓晴可能会有的反对。果然，晓晴马上就愣了愣，有点不知所措。然后，她把目光慢慢地调过来，凝注在广楠的脸上，她的眼睛里充满了一种沉默的责备和怨恨，这使广楠的心一下子就掉进了冰窖里。望着晓晴逐渐苍白的面孔，他猜想自己的脸色也同样苍白。终于，晓晴慢吞吞地说：

"如果表姨夫的话是对我的命令，我自然应当从命。古人一饭之恩，尚当结草衔环，何况我被表姨夫养育了十几年，如果您命令我嫁给表哥，我就嫁。"

父亲被激怒了，假如那天父亲不发脾气，或者事情也不至于弄得不能转圜。但是，父亲向来暴躁易怒，晓晴冷冰冰的口气和略带嘲讽的句子立刻使父亲暴跳了起来，他拍着桌子说：

"你弄清楚，晓晴，我宋某人可不在乎给你吃了十几年饭，我也没有要你为了报答我而嫁广楠！我们宋家的家世不会配不上你！广楠的人品也不会配不上你！选你做媳妇是看得起你，广楠不麻不癞不缺腿少胳臂，你弄清楚，宋家娶你可没占你什么便宜！"

晓晴的脸色更白了，衬托得那对黑眼珠就特别地黑，特别地亮。她从椅子里站起来，恭敬地说：

"那么，表姨夫，您还是抬举别家的女孩子吧，我自认为配不上表哥！"

父亲气得发抖，他指着晓晴说：

"你，你是什么意思？"

"我是说，"晓晴挺着她那瘦瘦的肩膀，却显出无比地坚强，"我只是个穷苦伶仃的孤女，实在配不上表哥，表姨夫还是给表哥另选一个吧！"

"好！"父亲颤颤抖抖地说，"把你带大了，给你受最好的教育，你就眼高于顶了！"

猛然间，他看到晓晴眼里升起了两颗大大的泪珠，接着，泪珠就沿着那白得像大理石一般的面颊上滚落下去。他一惊，立即跳起来说：

"爹，别逼她！"

同时晓晴向地下一跪，说：

"表姨和姨夫的大恩大德，我徐晓晴终生不忘，愿意从今侍奉两老，做丫鬟婢女来报答。"

宁愿做丫鬟婢女，却不愿嫁给广楠。广楠心中像硬插入一把刀一般，他咬紧了嘴唇，抵住胸中翻涌着的痛楚和屈辱的浪潮，她看不起他，这念头使他要发疯。母亲走过去，一把拉起了晓晴，一面对父亲递眼色，一面好言好语地说：

"晓晴，你别发急，这事情当然要你同意，我们并没有要逼迫你嫁给广楠。平日我看你和广楠处得也不错，为什么又不愿意了呢？你是不喜欢广楠吗？"

晓晴摇了摇头，低声说："不是。"

"那么，为什么呢？"

"我只是觉得年龄还小，不想结婚。"

"这样的话，就好办。晓晴，你说说看，你要广楠等你几年？"母亲紧逼着说。

晓晴微张着嘴，抬起眼睛来扫了广楠一眼，低声吐出了两个字：

"十年。"

"啪！"的一声，父亲拍着桌子直跳了起来，指着晓晴的脸说："好，晓晴，你不要以为你长得还漂亮，书念得还不错，就看不起人！我告诉你，我们宋家想找比你强十倍的女孩子也找得到，你别自以为了不起！"说着，他又转过头去看着广楠，气呼呼地说："广楠你给我争点气，干吗要认定了晓晴？我给你打包票，三天之内，我给你找一个比晓晴更漂亮的女人来！从今天起，我们宋家放出消息去，要给儿子物色媳妇，包管全重庆市的女孩子都要心动，广楠，你给我放高兴点，天下不是只有一个女人！"

晓晴的眼睛睁得大大的。泪光莹然，一瞬也不瞬地望着窗外。广楠一看到她那对眼睛，就觉得爱之入骨，也痛之入骨。失去晓晴，他还要什么天下？他无法说话，只能咬紧了嘴唇，咬得牙齿深陷进肉里。于是，他听到父亲在对母亲说：

"马上去找人来给楠儿做媒，告诉媒人，我们宋家要娶的是儿媳妇，不是才女，所以，要认定了三个条件：第一，要穷人家的女儿，能够知道持家度日。第二，要没念过太多书的，免得像晓晴那样目空一切。第三，要是个绝色，最低限度，也要比晓晴漂亮的。根据这三点，马上去找，我要在半年之内，给广楠完婚！"

候机室里的人已经满了，喧嚣的人声充塞在大厅的每个角落里，一些孩子满屋子奔跑。那个断了腿的伤兵开始拄着拐杖沿室乞讨，这就是战争的成绩。他抛掉了手里的烟蒂，表上的时间是差五分十一点。不过，班机向来要误时的。他站起身，紧张又渐渐地爬上了他的脊梁，他不安地走到靠近停机场的窗边，仰望着那无边无际的天空。虽然春寒仍重，他却微微地出汗了。晓晴，她去国是整整十年了，十年，这不正是她当初说出来的年限吗？如果他真能等十年，现在她该属于他了。

隆隆的机声由远而近，这机声像从他的心脏上碾过，他的紧张更厉害了，仰望着天，在人们的喧嚣中，扩音器的播放中，他注视着那庞然巨物由天而降，在跑道上向前冲，终于停住。太阳光在银色的机翼上闪耀，梯子被推到机舱门口……他伸手到裤袋中，再摸出一支烟，用微颤的手燃起了烟。

旅客从机舱里鱼贯地走了出来，迎接的人开始胡乱地挥着手呼叫。广楠杂在人潮中，一瞬也不瞬地望着舱门，接着，他的眼睛一亮，晓晴出来了。尽管已经十年不见面，尽管距离得那么远，他仍然一眼就能认出她来。一身鹅黄色的春装，一条系着长发的鹅黄色的纱巾，她仍然喜欢浅色的装束。望着她从梯顶娉婷而下，裙角和纱巾迎风飞舞那份飘然韵致，恍若当年。他的眼睛突然湿润了，在这一刹那，他才领会到十年以来，自己对她的感情竟毫未淡忘。相反地，思慕及怀念更使往日那份深情来得更浓烈、更深切了。

在验关之后，他和晓晴才见到面。

晓晴凝视着他，那对清亮的眸子一如当年，她嘴角含着个微笑，眼角却是微润的。广楠几乎不能相信，她仍然那样年轻，那样纤细苗条，时间好像不曾从她身上碾过。唯一和以前不同的，是一种成熟的美，代替了以前的稚弱。他在自己激动的情绪下浮沉，竟不能开口说话，他们对视了一段很长的时间，他才颤抖着嘴唇说：

"晓晴！"同一时间，晓晴也开口叫出了：

"表哥！"

于是，她抓住了他的手，他们都笑了，她摇着他，带着以前所没有的一种豪放的热情，叫着说：

"表哥，我真想拥抱你！"然后，她用手抹抹眼角，似乎又想笑又想哭，说："表哥，你好像瘦了些！"然后，又仔细地望他："你的眼角添了几条皱纹，但是，比以前更漂亮了。表哥，好吗？一切都好吗？"

他握握她的手，提起了地下的皮箱说：

"来，先上车子，慢慢再谈。"

坐进了汽车，晓晴才想起什么似的，问：

"怎么，表哥，美姿呢？"

"她？"广楠耸了一下肩，想说什么，又咽了回去，改说，"她在家带孩子。"

"你是两个孩子了吗？"

"不，三个。小宝是去年冬天生的，才五个月大。"

晓晴笑了笑，不再问什么。广楠手扶着方向盘，却不发动车子，而一个劲地盯住晓晴看，晓晴也默默地回望着他。于是，他的手从方向盘上放下来，压在她的手背上，激动地说：

"晓晴，国外没有适当的男孩子吗？"

晓晴把眼睛调开，深吸了一口气说：

"我只是喜爱独身生活，无拘无束。"

广楠发动了车子。汽车在路上滑行，尘雾又扬了起来。晓晴望着前面的道路说：

"美姿好吗？你们的生活很愉快吧？"

"愉快？"广楠苦笑着，凝视着黄土的公路。

那一天，广楠下了课回家，在客厅里，他看到晓晴和一个女子正坐着谈天。晓晴给他介绍说：

"这是何美姿小姐，我初中时的同学，我请她到我们这儿来玩的。"他望着美姿，修长的眉毛，大大的眼睛，睫毛长而微卷，端正的鼻子下是个不大不小的嘴。一件朴素而略嫌寒碜的蓝布旗袍，裹着的是个诱人的丰满的身子。这是个标准的美人，如果能再加以妆饰，广楠相信她可以艳惊四座。他停留在客厅，和她们略事周旋，美姿很怕说错话，问三句，才答一句，那股腼腼腆腆的样子也还能逗人怜爱。但是，天知道，广楠对她却一点念头都没有转。

这天晚上，晓晴问他：

"你看美姿如何？"

"你是什么意思？"广楠皱着眉说。

"她正合表姨夫的三个条件，"晓晴从容不迫地说，"第一，她是家贫如洗。第二，她只受过初中教育。第三，美丽绝伦。"

广楠抓住了晓晴的手臂，用力握紧，忍着气说：

"不错，你代我想得很周到。"

晓晴抬抬眼睛说："她对你不是比我更合适吗？你又不能耐心地等我十年。试试看，和她交交朋友。你会发现她很适合你的。"

"不错，她一定能适合。"广楠用力甩开晓晴的手臂，转身走开了。

三个月之后，他和美姿结了婚。

他婚后一个月，晓晴考取了公费留法，学艺术。两老也认为广楠既婚，晓晴留在家里不大妥当，于是，顺理成章地，晓晴就去了法国。

一晃眼间，十年过去了。晓晴已回国，依然故我，孑然未婚，而他却已儿女成群了。愉快吗？怎么说呢？父亲想得很好，贫穷的女孩子能持家，无知的女孩子会谦虚。但是，美姿进门之后，由赤贫到豪富，她却如同一个暴发户一般，立即作威作福起来，婢女成群，骄奢无状，然后不容公婆，终日吵闹，广楠只得带她分居出去。故宅被炸，两老蒙难，广楠总认为自己不能辞其咎，如果他在老宅子里，两老绝不至于不躲警报。反正，这些事都过去了。愉快吗？他哑然苦笑了。

车子停在一栋西式的洋房前面，房前有一个铁栏杆围着的花园。晓晴下了车，张望着说：

"环境还不错嘛。"

广楠把箱子提了下来，说：

"你知道我们的旧宅已经炸毁了吧？"

"你写信告诉过我，"晓晴说，"全毁了吗？"

"西厢房保存了大部分，你以前住的那间居然丝毫无损，有时，我不痛快的时候就到那间房子里去坐上半天。"

晓晴凝视着他。广楠不禁怦然心动，他在她眼睛里看到一丝恻然的柔情。

把车子开进了车房，广楠带着晓晴走进大门，踱进客厅。客厅里的设备是纯西式的，落地的窗帘、沙发椅和收音机。

如今，客厅里是一片凌乱，沙发上堆满了孩子的玩具和撕破的书籍、杂志，地上是沙发椅垫、瓜子皮、广柑皮，撒得遍地。隔夜的麻将桌子还没有收，骨牌散在桌子和地下。广楠深深地一皱眉，扬着声音喊：

"美姿！美姿！"

根本就没有人应。广楠又喊：

"张嫂！张嫂！"

喊了半天，一个四十余岁的仆妇，抱着个哇哇大哭的小婴儿走了进来。广楠锁着眉说：

"这客厅是怎么搞的？到现在还没有收拾？"

"忙不赢嘛！"张嫂嘟着嘴，用四川话嚷着，"要抱弟弟，要洗尿片，哪个有时间收拾！"

"阿翠呢？阿翠到哪里去了？"

"太太叫她去买柳丁。"

"太太呢？"

"还没起来嘛！"

"去告诉太太，表小姐来了。哦，张嫂，来见见表小姐，倒杯茶来。"

张嫂过来见了晓晴，晓晴从皮包里掏了个预先准备好的红纸包，塞给了张嫂，张嫂眉开眼笑，晓晴又要塞红包给小宝，被广楠梗阻住了。广楠问张嫂：

"表小姐的房间准备好了吧？"

"好了。"

"把表小姐的箱子提进去，再去请太太来。"

张嫂走开后，晓晴坐了下来，解下了系头的纱巾，一头如云的长发披了下来，更增加了几分妩媚。广楠拿出香烟，询问地看看晓晴，晓晴摇摇头说：

"你什么时候学会抽烟的？"

"你走后的第二天。"广楠说，望了晓晴一眼。

张嫂又走了进来，拿了一杯白开水，扭捏地说：

"家里没茶叶了，喝杯白茶吧！"

广楠苦笑一下说：

"家里永远没有茶叶，客人来了就只好倒白开水，美姿美其名为'白茶'。"

晓晴笑笑。在张嫂背后，门口有一男一女两个孩子在伸头伸脑地偷看着，广楠喊了一声：

"牛牛！珮珮！出来见见表姑！"

两个孩子推推攘攘地进来了，大的是个男孩子，大约八岁，小的是个女孩，大约五岁。晓晴一手拉了一个，细细地看他们，两个孩子都长得不错。但牛牛却名不副实，看起来纤弱得很，带点儿哭相和畏羞，显然是个女性化的男孩子。珮珮正和牛牛相反，粗壮结实，浓眉大眼，毫不认生地直望着晓晴，这又显然是个男性化的女孩子。晓晴拍拍他们的肩膀说：

"等一会儿表姑开了箱子，有一点小礼物带给你们。"

"是什么？"珮珮仰着头问。

"牛牛的是一支会冒火光的小手枪，珮珮是个会睁眼闭眼的洋娃娃。"

"我不要洋娃娃，我要小手枪。"珮珮说。

"好了，珮珮，"广楠来解围了，"别闹表姑了，去看看妈妈起来没有？都十二点了！"

珮珮蹦跳着走了，牛牛也悄悄地溜出了门去。这儿，广楠凝视着晓晴，问：

"国外生活如何？"

"哪一方面？"

"读书、做事、交友，和——爱情。"

晓晴撇撇嘴，微微一笑。正要说话，门口走出一个女人，蓬着头发，穿着睡衣，满脸的残脂剩粉，边走边打哈欠。广楠不满地叫：

"美姿，你看谁来了？"

美姿一眼看到晓晴，不禁一愣，晓晴已笑着站起来，喊着说：

"美姿——不，该喊表嫂，你好吗？"

"哎哟，"美姿叫了起来，"晓晴，你都来了，我还在睡觉呢，你看，我连脸都没洗……哎哟，晓晴，你怎么还是那么年轻漂亮，我可不行了，老了。三个孩子，磨死人，家里的事又多，柴米油盐……把人磨都磨老了，还是你不结婚的好。坐呀，晓晴！"

晓晴坐了下去，美姿赶过去，挨在她身边坐下，立即大诉苦经，国内打仗啦，生活艰苦啦，物价上涨啦，应酬繁忙啦……说个没完。晓晴始终带着个柔和的笑，静静地听着。广楠微蹙着眉，听着美姿那些话，觉得如坐针毡，天知道美姿每天忙些什么：平、缺、断、姐妹花、一般高、双龙抱柱、清一色。孩子、怀孕和生产是她的事，别的就不是她的了。国内打仗，没打到她的头上，生活艰苦，也没有苦着她。坐在一边，望着这两个靠得很近的头，他不禁又回忆起第一次看到她们两个并坐在客厅里的情形。那时候，美姿虽然敌不过晓晴的清幽雅丽，却也另有一种诱人的美艳。可是，现在，这两人却已成了鲜明的对比，晓晴的清幽雅丽一如当年，却更添了成熟的沉着和稳重。美姿呢？打牌熬夜早已磨损了她的明眸，这对眼睛现在看起来晦暗无光。浮肿的眼皮，青白的面色，眼角皱褶堆积，身段臃肿痴肥，往日的美丽已无处可寻了。没想到，广楠把她从贫寒中移植到富贵里来，十年的锦衣玉食，却反使这女人加速地苍老憔悴了。广楠暗暗地叹息着，从冥想中回复过来，却正好听到美姿在说：

"你知道，两位老人家在轰炸中去世，什么都没留下来，旧房子炸毁了，财产也跟着完了。我们苦得不得了，整天卖东西过日子，顾得了今天顾不了明天，应酬又多，打打小麻将，应酬太太们，出手太小又怕给人笑话，只是打肿脸充胖子……"

广楠无法忍耐地站了起来，他知道美姿为什么说这些，两位老人遗下的财物还不少，而且遗嘱上指定了三分之一给晓晴，她以为晓晴是来分财产的了。他伸手阻住了美姿说话，笑着说：

"晓晴才来，也让她休息休息，这些话慢慢再谈吧。美姿，你也到厨房去看看，今天中午吃些什么，现在都十二点半了，别让晓晴饿肚子。"

美姿到厨房去了之后，晓晴站起来说：

"两位老人的遗像在哪里？"

"跟我来。"

广楠带她走进了书房，这儿设立着一个香案，悬着两位老人的遗像。晓晴走了过去，默默地仰视着两老。然后她跪了下去，把头埋进了手心里，轻轻地啜泣了起来。她的哭声勾动了广楠所有的愁怀，不禁也凄然泪下。半响，他用手按按晓晴的肩膀说：

"起来吧，别太伤心。"

"假如一切能从头再来过，则老人不死，一切不同了。"晓晴在啜泣中轻轻地吐出了一句话。

广楠一阵痉挛，这话的言外之意，使他心醉神驰了。

晓晴回来一星期了。

晚上，客厅里手战正酣，哗啦啦的牌声溢于室外。

广楠和晓晴并立在走廊上。廊前挂着个鹦鹉笼子，晓晴伸手逗弄着那只长嘴白毛的大鸟，一面说：

"表哥，你还是爱这些东西。"

"现在什么都不养，只养鹦鹉。"

"为什么？"

"想教会它念诗呀！"

一时间，往事依依，两个人都沉默了。半响，晓晴说：

"表哥，帮我找个工作，你们公司里行吗？"

"我那是国营机构，不大好办，晓晴，你休息一段时间再说吧，何必急着找工作？"

"我不能总倚赖着你。"

"爹有遗产给你，我说过。"

"我也说过我不要。"

"要不要是你的事，给不给是我的事。"

晓晴默然。广楠靠近一步说：

"晓晴。"

"嗯？"

"你回来那天，在爹遗像前说的那句话，是什么意思？"

晓晴一呆："我不记得我说过什么。"

"我记得，要不要我背给你听？"

"别！"晓晴急急地说，"你听，你的儿子又挨打了，在哭呢！大概美姿的手气不大好。你去把他带出来吧，要不然，等会儿又要挨打了。"

"让他去，牛牛就是爱哭，他要是有本事哭到晚上十点钟，让他做爸爸，我做他儿子！"

"你们夫妻管孩子都挺妙的！"晓晴说，"让我去带他吧！"

"你别走！"广楠一把拉住了晓晴，"晓晴，你记得李若梧吗？"

"记得，他怎么样了？"

"你走了之后，我和李若梧又打了一架。"

"怎么，你专门找他麻烦？"

"不是我找他，是他找我。"

"报仇吗？"

"不是。那天在学校里，他知道你走了，就跑过来，一语不发地揍了我一顿，一面打，一面骂，他说我是傻瓜，是混虫，是糊涂蛋。他说：'你怎么放走了晓晴？你怎么娶了别人？你该死，你混账透顶！'不过，我觉得我那顿打挨得挺值得，我是应该挨那一顿打的。"

月光移到走廊上了。晓晴的眼睛亮晶晶的。

"他现在怎样了？"

"我们一直来往着，抗战的时候，他对我说：'你出钱，我出力。'于是，他从了军，转战于滇缅一带，以后就没有他的消息了。我捐了财产的半数。那是一九四二年的事，我猜想他多半……"他咽回了下面的话。

"唉！"晓晴叹了口长气，沉默了一会儿说，"他说过我什么吗？"

"没有。只是，每次他看到我的生活弄得一团糟，就骂我活该，骂我是糊涂蛋。晓晴，我问你，我一直想问你，十年前你拒绝嫁我的时候，是真心拒绝呢，还是有意考验我呢？"

晓晴深深地注视着广楠，黑眼珠迷迷蒙蒙的，看起来深不可测。时间凝住了一会儿，月影投到鹦鹉架上去了，晓晴低下头来，看看手表。

"哦，"她说，"牛牛是爸爸了。"

"什么？"

"已经十点了，他还在哭呢！我去找他去。"

广楠想抓住她，但她一溜烟地钻进客厅里去了。

室内又闹得天翻地覆，牛牛在哭个不停，阿翠嘟着嘴站在美姿面前，美姿手舞着鸡毛掸子，尖着嗓子骂：

"阿翠，叫你带孩子，你怎么会让牛牛打破我的香水瓶的？你做些什么？除了吃白饭，你还会做什么事？你马上收拾你的东西给我滚！我家不是收容所，不能容许这种只会吃饭的人，你马上滚！马上滚！马上滚！"

晓晴抬抬眉毛，望了广楠一眼，广楠咬咬嘴唇，抛开了手里的报纸说：

"好了，美姿，什么大不了的事嘛，算了吧，香水再去买一瓶好了！"

"买一瓶！"美姿转移了泄愤的对象，"你阔气得很哦，谁不知道你宋广楠的名声，当初献金运动一出手就是百两黄金！家里可饿得没饭吃……"

"又来了，又来了，"广楠锁紧了眉，"这件事你要提多少次才够？"

"我提一辈子呢，记一辈子呢！你在外面阔得很，只会苦老婆和孩子！你是慈善专家，你怎么不慈善到老婆和孩子身上来呢？昨儿输了那么一点钱，问你要，你还皱眉头，给我脸色看，你可有钱去献金！"

"好了！别说了行不行？"广楠憋着气说。

"哼！"美姿又恶狠狠地转回到阿翠身上，"阿翠，收拾你的东西，给我滚蛋！"

阿翠跺了一下脚，转身就走，美姿又叮一句：

"东西收拾好拿来给我检查一下，别摸走了什么！"

阿翠狠狠地望了美姿一眼，走了出去。牛牛仍然在哭叫不停。广楠无法忍耐地站起来，对牛牛说：

"牛牛，你该哭够了吧！你有本事哭到吃中饭，就算你是老子！我是儿子！"

晓晴嘴角浮起一个难以察觉的微笑，仍然静静地坐着，阿翠提了个小包袱来了，美姿仔细地清查了一番，才放心地通过，算了工钱打发她走。工钱算得很苛刻，晓晴忍不住塞了点钱给她，笑着说：

"阿翠也算服侍了我几天，这算我赏的吧！"

阿翠诚心诚意地谢了晓晴。

美姿撇撇嘴说："晓晴，你在国外过惯了阔日子，不晓得国内生活的艰苦哩！"

阿翠走了。美姿又尖着嗓子叫张嫂，张嫂捧着个哇哇大哭的小婴儿进来，没好气地说：

"太太，小宝泻肚子了！"

"泻肚子，灌他一包鹧鸪菜就是了，你去拿拖把来把客厅拖一下。"

"拖把？拖把早就坏了，不能用了！"

"不能用？怎么不早说？都是死人！先到隔壁史家去借来用用吧！"

"史家！又问史家借！"张嫂嘟囔着走开。

牛牛还在哭，卧室里又传来一阵乒乒巨响的声音，美姿冲进了卧室，接着是珮珮的尖叫和大哭声，美姿的咒骂声，及鸡毛掸子的挥动声。广楠拉了晓晴一把，说：

"出去走走。"

晓晴无可无不可地站起身来，跟着广楠走出去。在走廊上广楠先把晒着太阳的鹦鹉架挪到没有太阳的地方，他最怕他的鹦鹉晒太阳。然后，他们走出了大门，广楠从车房开出车子，晓晴坐了上去。广楠扶着方向盘，长长地叹了口气：

"星期天！这就是我的幸福生活！"

晓晴默然不语。广楠发动了车子说：

"上哪儿去？"

"随便。"

广楠看看手表："已经是吃中饭的时间了，去吃一顿小馆子吧，好久没吃到炒鸡丁了，美姿永远不管我的口味。"

车子向前滑行，广楠转头看看沉默的晓晴。

"晓晴，你给我做的好媒！"

晓晴一震，幽幽地说："我并不知道你真会娶她！"

广楠猛然刹住了车子。

"晓晴！"他叫，"你是说？"

"我是说——"晓晴静静地说，"我以为你会等我十年。"

室内静悄悄的，晓晴倚窗而立，正拿着一张纸和一支笔在胡乱地涂抹着，午后的斜阳从视窗斜射进来，照在她的浅绿的裙子上和象牙般半透明的手指上。那手握着笔，写写涂涂，上上下下地在纸上移动。广楠不禁看呆了。

这是晓晴的旧居，那未被炸毁的屋子。最近，每当家里闹得天翻地覆，广楠就不由自主地要把晓晴带到这儿来。在这间房里，静静地望着她，广楠会觉得又依稀回到了当年的情况，晓晴那份若即若离、似有情又似无情的神态也一如当年。但是，广楠却不能不自惭形秽，他越来越看出自己是根本配不上她。

"好了！"晓晴丢下了笔，笑笑说。

"你在干什么？"广楠问。

"作一首诗。"

"一首诗？"广楠不禁想起了"卷帘人去也，天地化为零"的句子，心中怦然一动，"什么诗？"

"一首宝塔诗，你来看，"晓晴微笑着说，"这是你的家庭写照，从早晨小宝'哇'的一声报晓开始。"

广楠接过那张纸，看到了这样的一首宝塔诗：

哇！

白茶。

胡乱抓，

清清查查，

牛牛是爸爸！

炒鸡丁，真爱它，

平和，断幺，姐妹花，

太阳晒着了鹦鹉架，

若问拖把与草纸，史家！

广楠念一遍，再念一遍，问：

"第四句指什么？"

"又要换下女了，例行清查行李。"

广楠抬起头来，注视着含笑而立的晓晴，于是，他纵声大笑了起来。晓晴也跟着笑了，广楠笑得眼泪都溢出了眼睛，笑得喘不过气，十年以来，他这还是第一次身心俱畅地欢笑。他用手指着晓晴，一面笑，一面说：

"你，你，你真挖苦得够受，好一句牛牛是爸爸！最后一句简直绝倒，亏你想得出来！"

晓晴也笑得弯了腰，他们站得很近，彼此看看，又笑。笑完了，再笑。好像这已经是天下最好笑的一件事了。笑着，笑着，晓晴的眼睛湿了，眉毛蹙起来了，嘴唇颤抖了，她用手轻轻地拉着广楠的袖子，轻轻地说：

"我很抱歉，表哥，我不该把美姿带进家门。"

广楠凝视着那黑而湿的眸子，低声问：

"记得你的那两句诗？'卷帘人去也，天地化为零。'那个'人'指的是谁？"

"你以为是谁？"

"李若梧。"

"所以你应该挨李若梧一顿打，所以他会骂你是大傻瓜。"

"晓晴！"他握紧她的手腕，他的手指掐进她的肌肉里。

"你记得那天你从外面回来，看到我和李若梧在一起的事吗？"她幽幽地说，"就是那天，若梧曾向我示爱，我告诉他，除了宋广楠，我谁也不嫁！"

"晓晴！"他大叫，把她捏得更紧。

她深深地叹息了一声。

"那时候，我太年轻，太好强。"她垂下头，望着窗棂，"我认为你对我太骄傲，太自信，又太不尊重。我想给你一点折磨，使你摆脱一些公子哥的习气，谁知道……"又是一声叹息："那天，表姨夫、姨姨和你，把我围起来，要我嫁你，未免太盛气凌人，你们伤了我的自尊，因此我说要你等十年，可是……"再是一声叹息："我把美姿带回来，我想你会看出她的肤浅，我想试试你的定力，美姿很美，我想看看你会不会被美色迷惑，谁知你竟负气娶了她。于是，我只有往外国跑，跑得远远的，跑到再也看不到你的地方去，跑去埋葬我的爱情，去悔恨我的不智。十年，表哥，好长的一段时间！"

广楠定神地望着晓晴，心中如千刀绞割，往事一幕幕地在脑中重演，是的，自己真是个大傻瓜，傻透了，傻得该下地狱，该毁灭！他放开了晓晴，踉跄着退后，倒进一张椅子里，用手蒙住了脸。是的，十年，好长的一段时间，他无力使时间倒流，无力再恢复未娶之身。当时一时负气，穷此一生的悔恨也无法挽回了。他紧埋着脸，在这一瞬间，他只希望这十年只是一个噩梦。

"表哥！"晓晴靠近了他，他可以感到她的体温，她蹲下身子，轻轻地拉开了他的手。"表哥，"她仰视着他，眼睛里流盼的深情使他心碎，"十年间，我没有找到我的方向，所以我回来了。回来之前，我对自己说，如果你生活得很幸福，什么都别谈了，如果你不幸……"

"怎样？"广楠紧盯着她，"你还愿意嫁给我吗？我可以和她离婚，给她一笔钱。"

"你知道不行的，"晓晴摇摇头，"美姿绝不会放弃她宋太太的地位，你和我一样清楚，她绝不肯离婚，这是万万行不通的。"

"那么——"广楠颓然地靠进椅子里。

"表哥，"晓晴把手压在他的手上，"我不在乎地位和身份，我不在乎那一切！"

"晓晴，你——"

"以前，我太骄傲，现在我才知道我为骄傲付出的代价。在爱情的前面，原应该把那些骄傲自尊都缴械的。如今我想通了，表哥，你要我明说吗？我宁愿做你的情妇，不愿再放走爱情。"

"晓晴！"广楠喊，接着一下子就跳了起来，喘息地说，"不行，晓晴，我绝不能这么办！绝不能！晓晴，这样对你太不公平，这是不行的！"

"公平？"晓晴凄然一笑，"我有你的人和你的心，又何必计较名义呢？"

广楠望着晓晴，突然间，他觉得她那样崇高，那样圣洁，那样伟大！自己在她面前，渺小得像一粒沙尘。他靠近她，托起了她的头，他们的眼睛搜索着对方的嘴唇。这一吻，吻尽了十年的悔恨、渴慕和刻骨的相思。

晓晴搬出了宋家，在嘉陵江畔另租了一栋小小的房子，同时，她在一个民营的建筑公司里谋到了工作。这小小的房子被布置得雅洁可喜，在这儿，她和广楠开始了生命中最辉煌、最甜蜜、最热烈的一段生活。岁月里糅合的全是炙热的火花，熊熊地、猛烈地燃烧着。仿佛十年的感情都必须在这一段时期中弥补，他们疯狂地追求着欢乐和爱情，疯狂地沉醉在酒似的浓情里。晓晴一反往日的淡漠，变得那么激烈，那么奔放，她浑身都烧着火，她使广楠为之沉迷，为之融化，为之疯狂。

起先，他们还避着人来往。但，逐渐地，他们不再顾忌。舞厅中，他们纵情酣舞；酒店里，他们豪饮高歌。嘉陵江畔，他们踏着落日寻梦；海棠溪里，他们划着小船捉月。在晓晴那小巧精致的卧室里，他们也曾静静地仰卧着，轻言细语地诉说他们的痴情。在这一段时期中，他们不仅弥补着过去的爱情，也透支着未来的欢乐。终于，广楠另有香巢的传言散布各处。于是，有一天晚上，当广楠正和晓晴相依相偎、浅斟慢酌之际，美姿像一阵狂风般卷了进来。

美姿冲进房来的时候，晓晴已经薄醉。看到了美姿，晓晴站起身来，柔和地一笑，醉意醺然地举起杯子说：

"来！美姿，你也加入一个！"

美姿走过去，劈手夺过了晓晴手里的杯子，将那杯酒对着晓晴的脸上泼过去，当那橙色的液体在晓晴酡红色的面颊上漾开，淋漓地滴向她的肩头的时候，广楠感到浑身的血管迸裂，比自己受辱更难堪和愤怒。他直跳了起来，厉声大吼了一句：

"美姿！你敢！"

"我敢？我为什么不敢？"美姿叫着，顺手抓起桌上的酒杯、酒壶、菜碗、碟子，对着晓晴劈头盖脸地砸去。晓晴亭亭地站着，愕然而怅惘地望着美姿，既不抵抗，也不躲避，好像只是可惜美姿破坏了那原有的温馨的气氛。那醉态可掬的脸上，没有仇恨，也没有惊慌，只带着几分迷惘，显得那么楚楚动人！而美姿挥拳抢碗，宛如凶神恶煞。广楠冲过去，一把抓住了美姿的手，把一个碟子从她手中抢了出来。美姿开始破口大骂，许多惊人的粗话俚语从她嘴中一泻而出：

"徐晓晴，你这个不要脸的臭婊子！你从国外回来，在我们家白吃白住，还勾引别人的男人！你在外国荡得不够，又回来偷汉子！你偷别人的男人我不管，你偷到我头上来我可不能放过你，你去打听打听，我何美姿是不是你欺侮的！徐晓晴，你是瞎了眼，你想勾引了广楠，再来侵占宋家的财产，谁不知道你的鬼心思！你是宋家养大的，不知道是哪个婊子养下来的小娼妇，被宋家捡回家来带大的！你不知道感恩，还要来谋宋家的财产，施狐狸精的手段，来迷惑男人……"

"美姿！住口！"广楠暴喝了一声。

美姿并没有住口，更惊人的脏话倾筐而出，有些句子简直下流得不堪入耳。晓晴的脸色渐渐苍白了，醉意被美姿的粗话赶走了大半，她怅然若失地张大了眼睛，望着披头散发、暴跳如雷的美姿。广楠忍无可忍，他的怒喝既不收效，他就在狂怒中对美姿挥去一掌。这一掌清脆地批在美姿的颊上，美姿呆了一呆，顿时把脚一跺，撒赖地往地下一躺，呼天抢地地大哭大叫起来："看啊，打死人了哦，奸夫淫妇打人哪！

救命哦！老天，老天怎么不长眼睛呀！"

这一阵大哭大闹把邻居都惊动了，门口拥满了人伸头伸脑地观看，而且议论不止。美姿借机更连声大叫救命，喊天喊地地闹个没完。广楠迫不得已，抓住她的衣服，把她连拖带拉地推出门去，在围观的人群中，把她硬塞进汽车。然后开车回到了家里，又把她推入卧室，把门反锁。美姿在里面捶门砸东西，又哭又骂，闹得惊天动地。广楠不放心受辱后的晓晴，他叫张嫂守在美姿的门口，他又开车回到晓晴那儿。

晓晴坐在床沿上。砸碎的东西已由下女收拾干净了，她呆呆地坐着，像一尊塑像。广楠走过去，想到她所受的侮辱就内心绞痛，怯怯地摸摸她的手，说：

"晓晴，别在意美姿的话。"

晓晴抬起眼睛来，对他惘然地笑笑，轻声说：

"人必自侮而后人侮之。"

"不要这样想，晓晴。在爱情的出发点上，我们是无罪的。"

"随你怎么想都好，"晓晴落寞地说，"随你说得多冠冕堂皇，想得多问心无愧。但是，没有人会了解你，也没有人会同情你。事实上，我们是一对奸夫淫妇。"

"晓晴，不要这样说。"广楠恻然摇头，握住了晓晴的手，他能体会晓晴内心所受的伤害。

"我总是想追求一份像诗一样美的爱情，"晓晴低回地说，"几个月以来，我以为我已经找到了。可是，美姿打破了这份美，一切一切，都已经由美的变成丑恶了。当初，一念之差，我失去你，今日我就无权再要回你。是我先伤害了美姿，美姿才会来伤害我。"她缓缓地抬起眼皮，泪珠沿颊滚落。广楠抓住了她的肩膀，轻轻地摇撼她，迫切地对她说：

"晓晴，不顾一切，我要和美姿离婚。你等着，我要跟你取得合法关系。我可以把全部财产给她，反正，我一定会摆脱掉她，一定！你等着我！"

卧室的房门关得紧紧的，广楠和美姿在卧室中展开了谈判。美姿的嘴角一直挂着一丝冷笑，广楠已说得舌燥唇干。终于，美姿冷冷地说：

"无论你给我多少钱，我绝不离婚，你想娶那个骚狐狸，我劝你别做梦！"

"请你别侮辱她！"广楠沉住气说，"美姿，你要一个空空的妻子的名义做什么？对你一点好处都没有！"

"哼！"美姿撇撇嘴，"我就要守着这名义，假如你和晓晴再有不干不净的事情，我就去雇一打流氓，用硝酸水毁掉晓晴那张脸！"

"你敢！"广楠叫。

"你看我敢不敢？"美姿甩了一下头说。

广楠望着美姿，后者的眼睛里正燃烧着一种仇恨和残忍的火焰，这使广楠打了一个寒噤。他知道美姿说得出做得到，她真会做出来的。

"美姿，"他强捺着自己的怒气，"你这是何苦？毁掉晓晴对你又有什么好处？你何不大方一些，拿去我的财产，你还年轻，你还可以再嫁……"

美姿耸耸肩，冷笑着说：

"我没兴趣！我只有兴趣做你的太太，我会守住你，跟你同出同进，我要让晓晴难堪，我要折磨她，你看着吧！你爱她，是不是？我有办法让你心痛，我要招待新闻记者，揭发她的丑恶，堂堂留学生，只会偷人！你看吧，你看吧！我要毁掉晓晴！把她彻底地毁掉！我早就恨她了，你以为我不知道，你一直爱着她！十年来，你睡在我身边，爱的是她！现在，她有把柄在我手里，你看我来毁她，你看着吧！"

美姿眼睛里那份凶残使广楠由心底冒出寒意，他知道谈判是不可能成功了，非但如此，晓晴还岌岌可危。面前这个女人，像一只冷血的、残酷的野兽。他狠狠地盯住美姿，咬着牙说：

"美姿，我告诉你，如果你敢伤害晓晴一根毫毛，我就杀掉你！"

"哈哈哈哈哈！"美姿爆发了一串冷笑，"你害怕了，是不是？你知道我做得出来的，是不是？杀掉我？我的英雄，你试试看！来吧！你来杀我，来杀呀！你不敢，是不是？哈哈哈哈哈！"

广楠浑身的毛孔都张开了，面对着狂笑的美姿，他觉得全身的血液都冲向了脑子里。他咬紧牙齿，直直地瞪着美姿，这样的一个女人，他竟会和她生活了十年之久。十年，多漫长的一段时间！在她的贪婪无知及无理取闹之下，他真受够了她的气！而今，她还羞辱晓晴，她！有什么权利羞辱晓晴？只因为那一纸婚约？

美姿仍然在笑，一面笑，一面喊：

"怎么？你不是要杀我吗？原来只会吹吹胡子瞪瞪眼睛！哼！你有胆量和晓晴偷鸡摸狗，我就要让你们受报应！晓晴那骚样子，大概做姑娘的时候就和你不干不净了，她那时候和你玩厌了，推了我来代替，现在回国了又把你捡起来当宝贝了……"

"美姿，你住口！"广楠直着眼睛喊，向美姿逼近了一步，感到血液在脑子里冲击。

美姿又狂笑了起来，这笑声尖锐地刺激着广楠的神经，广楠冲过去，一把扼住了美姿的喉咙，叫着说：

"你闭口！闭口！闭口！"

美姿在挣扎，于是，广楠就加紧了手上的压力，他只有一个念头，他要制伏美姿，要停止美姿的侮蔑和狂笑，他额上的汗珠滚了下来，手上的压力更加加重。眼睛里，美姿逐渐青紫的面色已变得模糊。冷汗挂在他的眉毛和睫毛上。终于，当手下那个身子完全软瘫了下去，他才茫然地松了手，挥去了眼睫上的汗，于是，他看到美姿毫无生息地躺在地板上，鼻孔和嘴角正流出紫黑色的血液……

广楠呆了一分钟，顿时明白了他做了什么，他踉跄着退后，然后转开门锁，向外面冲了出去。他撞到正在偷听他们谈话的张嫂身上，越过了吓得脸色发白的牛牛，又推开了站在客厅门口的珮珮。冲出大门，他发动了汽车，像个醉汉般把车子左歪右冲地驰到晓晴门口。

晓晴穿着一袭白色的睡袍，走出门来迎接了他。她轻盈婀娜的行动，冉冉生姿的脚步，恍如下凡的霓裳仙子。广楠一把握住了她的手，颤抖地说：

"我杀了她。晓晴，我杀了她。"

晓晴牵引着他走进房内，让他坐下。然后跪在他面前注视他，轻声说：

"你喝醉了吗？广楠？"

"我没有喝酒。"广楠艰涩地说，"我杀死了她。她对我咆哮，我无法忍耐她的声音，我扼住她想使她闭口，于是……她就完了。我杀死了她。"

晓晴的眸子转动着，压在他手上的手指变得冰冷了。她仔细地凝视他，低低地问：

"真的吗？"

"真的，晓晴，她死了，我检查过，她真的死了。"

晓晴愣了好长一段时间，然后跳起来说：

"广楠，你必须离开——"说到这儿，她停住了，他们都听到了警车的铃声。晓晴又跪了回去，紧紧地用手攀住了广楠的脖子，闭上了眼睛。"广楠，"她幽幽地说，"吻我，广楠，吻我。"广楠俯下头来吻她。警车尖锐的刹车声从门口传来，他们仍然紧紧地拥在一起，仿佛全世界他们唯一关心的事，就只此一吻了。泪水咸涩地流进他们的嘴里，晓晴喑哑地说：

"这不会是结局，广楠，因为我们太相爱。广楠，这就是诗一般的爱情吗？"

警察破门而入，他们仍然紧紧拥抱着。警员们愣住了，反而没有行动。广楠抬起头来，用颤抖的手捧住了晓晴的脸，那带泪的黑眸明亮得像两颗暗夜的星光。他用大拇指抹去了她面颊上的泪痕，深深地凝望她，然后说：

"我爱了你那么久，从孩提的时候开始。"

"我也是。"她说。

一段沉默。他低声说：

"照顾那几个孩子。"

"我知道。"

她闭了闭眼睛："广楠，我会等你，十年、二十年，以至一百年。我们所期望的那一天会来到，那像诗一般美的日子。广楠，我会等你。"

他缓缓地站起身来，对警员伸出了双手。

广楠被判了无期徒刑。晓晴带着三个孩子，在监狱边赁屋而居，开始了她无期的等待。

故事完了。天上有星光在闪烁。

少女的头倚在老人的膝上，老人的手抚摸着她柔软的鬈发。半晌，少女长长地叹息了一声。

"爷爷，她会等到他吗？"

"谁知道呢？"老人望着窗外的天，那儿，星星正自顾自地闪烁着，照耀着大地上一切的事物，美的，丑的，好的，坏的……

第六个梦

流亡曲

今夜，多么静谧安详，窗外，连虫声都没有，月亮也隐进云层里去了。我听到了风声，它正在那儿翻山越岭地奔驰着。是的，翻山越岭……它不知道已经过了多少旅程，就和我们一样，在这条迂回的人生的路线上，大家熙攘着，奔驰着……于是，许多的遇合在这条路上不期而然地发生，许多的梦也在这条路上缓缓地展开……

一九四四年的夏天。

在湖南省的长乐镇上，这天来了一个仆仆风尘的五十余岁的老人。他穿着一件白夏布的短衫和黑色绑腿的裤子，虽然是一身道地的农村装束，却掩饰不住他的优雅的风度和仪表。他走进一家饭馆，叫了一碗面，坐下来慢慢地吃。他吃得十分慢，眉尖紧锁着，满脸都是忧郁和沉重。吃完了面，付钱的时候，他却用一口纯正的普通话问那个酒保：

"你知道这儿的驻军驻扎在哪儿?"

"不知道。"酒保干脆地说,一面狐疑地望着这个操着外乡口音的农装老人。老人叹口气,提起他随身的一个小包袱,走出了饭馆的大门。在门外的阳光下,他略事迟疑,就撒开大步,向前面走去。

黄昏时分,他来到一个小小的村落,名叫黄土铺。

敲开了一家农家的门,他请求借宿一夜。湖南的民风淳朴而天性好客,他立即受到热烈的招待和欢迎。主人是个和老人年纪相若的老农,他像欢迎贵宾似的招待老人吃晚餐,取出了多年窖藏的好酒。在餐桌上,他热心地询问老人的一切,老人自报了姓名:王其俊。

"王老先生从哪儿来?"老农问。

"长乐。"

"日本人打到哪里了?"

"衡阳早就失守了,我就是从衡阳逃出来的。"

"老先生不像衡阳人呀!"

"我是北方人,到湖南来找一个失踪的儿子,儿子没找到,倒碰上了战争。"

"你少爷?"

"从军了。"老人凄苦地笑笑,又接了一句,"我只有这么一个儿子。年轻的时候,对儿女总不大在乎,年纪一大,不知道怎么,就是放不下。其实,我也知道找也是白找。兵荒马乱的,军队又调动频繁,要找一个士兵,好像大海捞针。可是,两年前,我的朋友来信说在长沙碰到他,等我到长沙来，就变成逃日本人了。唉！"老人叹口气，咽下许多无奈的凄苦，还有一个无法与外人道的故事。

老农也叹气了，半天才轻轻说：

"我有四个儿子，两个在军队里。"

两个老人默然对坐，然后，老农问：

"你看黄土铺保险吗？"

王其俊摇头，说：

"逃。而且要快！敌人在节节迫进，各地驻军恐怕挡不了太久，湖南大概完了。"

"我不逃。"老农说，"我一个老人家，死也要死在自己的土地上。"

王其俊笑笑，他知道湖南人那份愚昧的固执，所谓湖南骡子，任你怎么劝，他们是不会改变他们所下的决心的。

夜半，王其俊被枪声惊醒，他坐起身来，侧耳倾听，遍山遍野都是枪声。同时，老农也来打门，他穿上鞋子，把一卷法币塞进了绑腿里。老农冲了进来，上气不接下气地说：

"王老先生，敌人打来了，你赶快逃吧，你是读书人，你的乡下衣服掩不住的。日本人碰到读书人就要杀的，你快逃吧，连夜穿出火线去！"

"你呢？"王其俊一面收拾，一面紧张地问。

"我没有关系，我是种地的，王老先生，你快走吧！"

王其俊听着枪声，知道事不宜迟，他取了包袱，想塞点钱给那老农，但老农硬给塞了回来，嚷着说：

"一路上你会要钱用的，我没有关系，你快走！"

走出了老农的家，借着一点星光，王其俊连夜向广西的方向疾走。他也知道日本人对中国老百姓的办法，碰到经商的就抢，务农的就搜，工人可能拉去做苦力，唯有读书人，是一概杀无赦！因为读书人全是抗日的中坚分子。在夜色中，他不敢稍事停留，四面凝视，仿佛山野上全是黑影幢幢。就这样，他一直走到曙光微现的时候，于是，他开始看清四面的环境，果然遍山遍野都是军人，却并没有人来干涉他或检查他。他再一细看，才知道全是中国军队。这一下，他又惊又喜。在一棵树下略事休息，那些军队也陆续开拔，他拉住了一个军人，问：

"请问，长乐失守了吗？你们到哪里去？"

"撤退！"那军人不耐地说，"全面撤退！"

"为什么？"他狐疑地说，"放弃了吗？"

"不知道！"那军人没好气地说，"这是命令！"

"可是——"

"走开！走开！别挡住路！"后面的军人往前冲，他被一冲就冲到了路边。

站在路边，他愕然地望着各种不同单位的军队列队前进，队伍显得十分凌乱，走得也无精打采，每人都背着沉重的背包、枪、水壶，还有一捆稻草。起先，他根本不知道那捆稻草的作用，直到后来他杂在军队中走了一段，突然敌机隆隆而近，所有的军人都就地一伏，于是，遍地都只见稻草，他才知道这稻草是用来作掩护的。他站在那儿，看着那走不完的军队，听着那些军人的吆喝咒骂，感到心中一阵酸楚。湖南弃守！可怜的老百姓！

这就是历史上著名的湘桂大撤退。

王其俊开始杂在军队中，也向前面行进，跟着自己的军队走，总比单独走来得保险得多。但是，这些军人在撤退中脾气都坏透了，而王其俊总不能和军人一般地步履矫捷，于是，他被军人们推前推后，咒骂之声此起彼落。

王其俊知道这些军人在长久的行军、撤退、作战和断绝接济的情况下，都早已失去本性，一个个都成了易爆的火药库。他只希望能赶快走到东安，或者东安还通车，就可以搭上湘桂铁路的难民火车。这样，他杂在军队里整整走了三天。第三天，后面有消息传来，敌军正在追击他们，于是，队伍撤退得更急，乱七八糟的消息纷至沓来：

"后面已经开火了！"

"敌人离此只有三十里！"

"有一个部队全体牺牲了！"

这天，队伍连夜开拔，在星光之下，疲倦的军人们蹭蹭蹬蹬地向西南方行进。王其俊也随着这些军队，在迷蒙的夜色中颠踬地走着。

中午，在烈日的照灼下，军队继续在行进。

一阵"隆隆"的飞机声由远而近，所有的军人都站住了，仰首向天空望去，一排五架飞机往这面飞过来，听声音就知道又是重轰炸机。军人们在长官的一声令下，全体卧倒，用稻草掩护着，王其俊看了看那机翼上的太阳旗，仓促地向田野边跑，想找一个匿身的地方。飞机飞近了，他只有站定在一棵大树下面，等待飞机过去。

飞机去远了，并没有投弹，他长长地透了一口气。军人也纷纷起身，拍去身上的尘土，重新整队前进。他正要继续走，却一眼看到在同一棵树下，有一个满面愁容的少妇，抱着一个一岁左右的小孩，正对他凝视着。

他看了那少妇一眼，她和一般普通的难民一样，剪得短短的头发，穿着一件宽宽大大、显然原来不属于她的黑色短衣和黑裤子。可是，这身村妇的装束一点也掩不住她的清丽，那对脉脉含愁的大眼睛和清秀的小脸庞看起来楚楚动人。一目了然，这也是个乔装的难民，真正的出身一定不是农妇，倒像大家闺秀。如果不是怀里抱着一个孩子，她看起来绝不像个结过婚的女人。

"老先生，"那女人走过来了，文质彬彬地对他点了个头，怯生生地说，"您是一个人吗？"

"噢，是的。"王其俊惊异地说，一来惊异于这女人会来和他打招呼，二来也惊异于她的一口好普通话。

"老先生，我，我……"那女人嗫嚅着，似乎有什么事又不好意思开口。

"你有什么事吗？"王其俊问。

"我——"那女人终于说了出来，"我和我先生走散了，已经三天了，到处都是军人，我找不到我先生，可是，我又不能不走，我想，想……想和老先生结个伴走，不知老先生肯不肯？"

"你预备到哪里去？"

"四川。"

"哦？"王其俊一惊，"这么远！"

"我有一点钱，可以去坐湘桂铁路的火车，我想，充其量走到桂林，总会有车可通的。"

"好吧，我们是一路，你贵姓？"

"我先生姓洪，我娘家姓田。三天前，军队开下来，人太多，难民也多，我抱着孩子在前面走，只一转眼，就看不到我先生和行李，还有两个挑夫。我等到天黑也没有等到，后来听说日本人打来了，我只好走，到现在还一点影子都没有……"洪太太说着，眼眶里溢着泪水。

"敝姓王。"王其俊自我介绍说，"我们就一路走吧，一面走，一面寻访你的先生。"

于是，王其俊和洪太太就这样走到了一块。王其俊知道在这乱兵之中，一个单身女人可能会遭遇到的各种危险。走了一段，他们就彼此熟悉了起来，王其俊知道她丈夫是个中学教员，她自己也在教书。然后，为了方便起见，王其俊提议他们乔装作父女，寻访着走散了的女婿，洪太太也认为这样比较妥当。于是，洪太太改口称呼王其俊为爹，王其俊也改口称呼洪太太的名字——可柔。

可柔，在其后一段漫长的共艰苦的日子里，王其俊才看出这纤弱的女人，有多坚强的毅力和不屈不挠的决心。她原是个娇柔的小妇人，王其俊始终不能了解，她那柔弱的腿，怎能支持每日四十里的行程，还抱着个孩子。

他们仍然杂在军队中向西南方走，也仍然处处在受军人的排斥。每次王其俊想帮可柔抱孩子，都被可柔拒绝了。后来，她学习乡下人把孩子系在背上，减少了不少体力的消耗，他们就这样一路走着，一路打听可柔的丈夫，但，那个丈夫始终没有寻获，而他们越走越艰苦，越走越蹒跚，逐渐和军队拉长了距离。王其俊说：

"无论如何，我们要追上军队，这样比较安全，也不会走错路线。"

可是，他们的速度，怎样也追不上行军的速度，何况他们夜里必须停下来休息，而军人却常常连夜开拔。

这天清晨，他们又向前走，在一棵大树下，他们停下来休息。又有新的军队撤退下来，一队人马也找着了这树荫来休息。王其俊看到一个面目黝黑的青年军官，牵着一匹马走了过来。这青年军官望了望可柔，又看看王其俊，用很温和的声音问：

"你们要到哪里？"

"四川。"王其俊说。

"四川！"那军官摇摇头，"你们这样走，永远走不到，敌人就在后面追，湘桂铁路的车通不通也成问题，四川！恐怕你们是没有办法走到的！"

"只好走着瞧！"王其俊说。

那军官再望望可柔，对王其俊说：

"那是你的——"

"女儿，"王其俊说，"我们和女婿走散了。"

军官沉吟地望了他们一会儿，牵着马想走开，但是，他又停了下来，凝视着他们，说：

"你们只有一个办法，去找军队帮你们的忙，和军队一起走，队伍前进你们就前进，队伍停你们也停，让军队保护着你们。像你们这样，十之八九要落到敌人手里，你们如果落进敌人手里，一定活不了！你们——大概不是普通难民吧？教书的？"

"是的。"王其俊说。

"去找广西军队去！"军官坚定地说，站在那儿，像一座黝黑的铁塔，声音也同样地直率粗鲁，"广西军队撤退的路线和你们相同，而且对人也比较和气。"

"广西军队？"始终没说话的可柔插了进来，"那么多的军队，怎么知道哪一队是广西军队？又不能挨次去问。"

军官把帽子往后推，露出两道粗黑而带点野气的眉毛，直视着可柔的脸说：

"我就是广西军队。"

可柔愣了一下，就调转眼光望望王其俊，眼睛里含着一抹怀疑和询问的味道。王其俊也被军官这句突如其来的话弄得呆了一呆，看着可柔那姣好的脸，他不能不对这军官起疑。军官看他们不说话，就拍拍马鞍说：

"你们如果愿意跟我走，我可以护送你们到四川去，你们想想吧！"说着，他牵着马就要走开。

"喂！"王其俊叫住他，"请问贵姓？"

"第二十九团辎重连连长刘彪。"军官爽声说。

"刘连长，"可柔不容王其俊考虑，就急急地说，"我们愿意接受您的保护，并且谢谢您。"

"好！"刘彪挑了一下浓眉，立即大声喊：

"张排长！"

"有！"一个瘦瘦的军官应了一声，大踏步地走了过来。刘彪指指可柔和王其俊说：

"王老先生和小姐从现在起由我们保护，去找两匹马来，一匹给老先生骑，一匹给小姐骑！"

"呃，"可柔一惊，"骑马！我，我可不会骑！"

"不会骑？"刘彪一面走开，一面头也不回地说，"学习！"

刘彪走开之后，王其俊低声对可柔说：

"你不觉得答应得太鲁莽吗？如果他安了什么坏心……"

"我想不会，"可柔说，接着凄然一笑，"万一是，也比落进日本人手里好些！"

张排长牵着两匹马走了过来，可柔战战兢兢地看着这高大的动物，张排长扶着她的手腕，把她送上马背，要她握牢缰绳。她全心都在保护背上的孩子，软软地抓着绳子，丝毫没有用力。马不惯被生人骑，突然一声狂嘶，前腿举起，直立了起来，可柔一声尖呼，连人带孩子从马背上滚了下来。幸好地上草深，张排长又在她落地时拉了她一把，所以并未受伤。孩子却惊慌地大哭着。可柔心慌意乱地解下孩子，刘彪已经大踏步地走了过来，一把从可柔手里抱过孩子，捏捏手腕又捏捏腿，说：

"放心，没有受伤。"

"哦，"可柔吐了口气，"这个马，我看算了，我宁愿走路。"

刘彪审视着手里的小孩，说：

"唔，长得很漂亮，就是有点像女娃娃。"

可柔嫣然一笑，抱过孩子来，忍住笑说：

"本来就是个女娃娃嘛！"

"什么，我以为是男孩子呢！"刘彪说着，笑了起来，附近的几个士兵也纵声笑了。刘彪看看马，皱皱眉头，说："现在不是训练骑马的时候，只好走路了。"他一举手，大声喊，"准备——开步走！"

队伍很快地上了路，王其俊和可柔仍然是走路。事实上，这一连人一共只有六匹马，其中两匹还运着辎重。士兵们一个个看起来都很疲倦，但，都背着沉重的行囊，抬着机枪，一声不响地走着，步伐稳健而快速。

这是一阵急行军，可柔的汗已湿透了她那件短衫，新的汗仍不停地冒出来，沿着脖子流进衣领里。烈日酷热如焚地烧灼着，她的鼻尖已经在脱皮，面颊被晒得通红。背上的孩子又不住地挣扎哭叫。可柔时时轻声地安抚着：

"小霏不哭，霏霏不哭！"

霏霏是孩子的名字。但是，孩子仍然啼哭如旧。

王其俊也疲倦极了，生平没有这样吃力地急行过，何况是在夏日的中午。这样走到中午十二点多钟，刘彪才下令休息。一声令下，士兵们个个放下沉重的东西，坐在草地上喘息，每人都是满脸的汗和尘土，军装都是从肩膀上一直湿到腰以下。立即，有些军人用砖头架成炉子，收集柴火，开始生火煮饭，当饭香扑鼻而来的时候，王其俊觉得这仿佛是他一生中首次闻到了饭香。

可柔已解下了孩子，抱在手里摇着、哄着。刘彪走了过来，把他自己的军用水壶递给可柔，可柔看了刘彪一眼，就把水壶的嘴凑到孩子嘴上，许多水从孩子嘴边溢出来，可柔用小手帕接着，然后用湿了的手帕去抹拭孩子的小脸。孩子喝了几口水，不哭了。可柔把水壶递还给刘彪，刘彪说：

"你自己呢？"

可柔凑着壶嘴，喝了一口。刘彪又再把水壶递给王其俊，王其俊也只喝了一口。然后，饭煮好了，刘彪派人送了饭菜来，可柔喂孩子吃了一点干饭，大家正狼吞虎咽地吃着，忽然，一个派去刺探消息的士兵快马跑了回来，上气不接下气地叫着：

"报告连长，敌人离此只有十五里！"

"开拔！"刘彪大声下令，于是，一阵混乱，饭也无法再吃了，大家又匆匆整队，抬起辎重。刘彪一马当先，队伍又向前移动了。

太阳落山的时候，他们停下来吃晚餐。

可柔靠着一棵大树坐着，孩子坐在她身边的草地上，她看起来疲倦而颓丧，她脱掉了鞋子，脚底已经磨起了许多水疱，而且大部分的水疱都磨破了。她叹了口气，对王其俊说：

"爹，我实在无法这样走下去了，告诉刘连长，我们还是自己走吧，一切只好听天由命！"

刘彪已经走了过来，这几句话他全听见了。他站在他们面前，低头注视了他们好一会儿，然后低沉地说：

　　"王老先生，说实话，我们现在的情况很危险，敌人正在后面紧追，我们的方向是广西，可是又不能沿湘桂铁路走，只好绕小路。小路必须有识途的人带路，老实说，在今天一天中，好几次我们和敌人只差几里路。所以，我们像在和敌人捉迷藏，你们跟着我们，一切有保护，假如没有我们，你们现在大概已经在日本人手里了。"

　　可柔打了一个寒战。王其俊有些激愤地说：

　　"真遭遇了，打他一仗也死得轰轰烈烈，这样一个劲儿逃真不是滋味！"

　　"老先生，"刘彪嘴边浮起一丝苦笑，说，"我也真想打他一仗，他妈的日本鬼子……"他冒出几句粗话，看到了可柔，又咽了回去，说："不过，我们军队得听命令，我们是辎重部队，没命令不能作战，上面叫撤退，我们只好撤！"他吐了一口气，停了一会儿，又说："老先生，我刘彪既然伸手管了你们的事，就决不半途抛下你们，请你们拿出勇气来走！吃一点苦不算什么！今天晚上可以到村庄里去投宿，那时候，你们可以好好睡一觉。"

　　休息不到十分钟，他们又开拔了。晚上，他们果然来到一个村落，刘彪敲开了一家农家的门，让农家的人招待王其俊和可柔，可柔洗了脸，又给孩子擦洗了一番。才坐下来，外面突然传来"砰"的一声枪响。可柔直跳了起来，王其俊也变了脸色，农家的人更吓得战战兢兢。可柔说：

"一定是开火了，日本人来了！"

刘彪推开门，大踏步地走了进来，摆摆手说：

"没事！你们休息你们的！"

"为什么放枪？"可柔狐疑地说。

"枪毙了一个士兵。"刘彪满不在乎地说。

可柔张大了眼睛和嘴。"啊，为什么？"她不解地问。

"他抢农人的甘蔗。"

可柔的嘴张得更大了。

"为了一根甘蔗，就枪毙一个人吗？"她有些不平地说，"一条人命和一根甘蔗，哪一个更重？在你们军队里，生命是这样不值钱的呀！"

"哼！"刘彪冷笑了，"小姐，我知道你是读书人，我总共没读过几年书，不知道你们读书人的大道理！我只晓得，我的军人抢了老百姓一根针，我也照样枪毙他！你不枪毙他，以后所有的军人都会去抢老百姓，那么，老百姓用不着日本人来，先就被自己的军队抢光了！我不管什么轻呀重的，抢了老百姓，就是杀！"

说完，他头也不回地走了。

可柔呆呆地看着他的背影，等他去得看不见了，她才收回眼光来说：

"这个人！有时好像很细致，有时又简直像个野人！"

"快点休息吧，"王其俊说，"不知能休息多久。"

可柔把睡着的孩子放到一张木板床上，自己和衣躺在孩子旁边，刚刚闭上眼睛，一阵急促的打门声传来：

"王老先生！王老先生！快走！敌人打来了！"

队伍又开动了。星光点点，夜雾沉沉，一行人在夜色中颠颠踬踬地向前移动。

可柔的脚溃烂了。烈日仍然如焚地燃烧着，她的脸色在汗水的浸渍下越来越苍白，每跨一步，她都咬住牙忍住那声要脱口而出的呻吟，背上的孩子对她似乎变得无比地沉重。王其俊用手扶住她，却时时担心着她会在下一分钟倒下去。好心的军人们想帮她抱孩子，她却坚持不肯。走了一段又一段，她看起来是更加委顿了。

刘彪骑着马过来了，他翻身下马，用手抓住可柔的手臂，命令地说：

"上马去！"可柔看看那匹马，对于上次骑马还心有余悸，她苦笑笑，默然地摇摇头。

"上去！"刘彪皱着眉大声说。他抓住可柔，把她向上提，然后一托她的身子，她已经凌空地上了马背。骑在马背上，她战战兢兢地抓着马鞍子，刘彪说："你不用怕，这是我的马，几匹马里就是它最温驯，一定摔不着你！"然后，他握住马缰，大声叫："谢班长！"

一个兵士走了过来，刘彪把马缰递在他手里说：

"你帮她牵着马，保护她不要摔下来。"

说完，他大踏步领着队伍向前走，张排长要把马让给他，但他挥挥手拒绝了。对于这位连长，显然大家都有几分畏惧，谁也不敢对他多说什么。于是，在荆棘和杂草掩没的小径上，他们翻过了许多小山坡，又涉过了许多小急流，一程一程地走着。

这已经是第三个不眠不休的夜。

夜半时分，刘彪下令休息两小时。大家在草丛中坐了下去，辎重放下来了，人们喘息着，背对背地彼此靠着休息。可柔抱着孩子，轻轻地摇晃着她。孩子有一些发烧，哭闹得十分厉害。

繁星在天空中闪烁，夜色清凉似水。草地上全是露珠，湿透了他们的鞋子。天边有一弯月亮，皎洁明亮。世界是美丽的，人生却未见得美丽。

可柔摇着孩子，一面摇，一面轻轻地唱起一支催眠曲，她软软、温柔得如夜雾的声音在寒空中播散：

> 摇摇摇，
>
> 我的小宝宝，
>
> 睡在梦里微微地笑，
>
> 好好地闭上眼睛睡一觉，
>
> 睡着了，睡得好，
>
> 小小的篮儿摇摇摇，
>
> 小小的宝贝睡着了。
>
> …………

在这黯淡的星光下，在这杂草丛生的旷野里，在这生死存亡都未能预卜的时光中，可柔的歌声分外使人心里酸楚。

"小小的篮儿摇摇摇，小小的宝贝睡着了。"这是母亲的歌，充满了爱和温柔的歌，响在这血腥的、战火绵延的时光里。王其俊觉得眼眶湿润，可柔的歌使他伤感，他想起他失踪多年的儿子，现在，他正流落何方？或者，他已经做了炮火下的牺牲者？或者，他正满身血污地躺在旷野里？

> 小小的篮儿摇摇摇，
>
> 小小的宝贝睡着了。
>
> ……

可柔仍然在低唱着，反复地，一次又一次。王其俊站起身来，走到前面的一棵树下，在那儿，他看到一点香烟头上的火光，一闪一闪的，是刘彪。他正倚在树上，静静地抽着烟。

"要抽烟吗？王老先生？"刘彪问。

"不，谢谢你。"

于是，两人就在黑暗里站着，谁也不想说什么。

可柔的歌声停了，孩子依然在低低地呜咽。可柔换了一种方式来哄孩子，她用平稳而低柔的声调，向那个还听不懂话的孩子絮絮地诉说着：

"你为什么不睡呢？小霏霏？你看，月亮已经隐到云层里去了，星星也那么安静，连草里的小虫子都已入梦乡，你为什么还不睡呢？小霏霏？你听，夜那样美好，青蛙在低低地唱着歌，萤火虫在草丛里游戏，远远的那只鸟儿，它在说着：

睡吧！睡吧！睡吧！你为什么还不睡呢？小霏霏？……"

可柔的声音如诗如梦。孩子的呜咽渐渐停了，渐渐消失。可柔的声音也越来越低，越来越模糊，终于听不见了。王其俊看到刘彪显然在倾听可柔的说话，他那带着几分野性的眼睛变得非常地温柔，温柔得不像他的眼睛了。而在温柔的后面，还隐藏着什么，王其俊自己是过来人，他知道有什么东西在这青年军官的心中滋生。他微微地为这个发现而感到不安。刘彪抛掉了手里的烟蒂，看了看手表，王其俊明白两个钟头的休息时间已经到了。刘彪轻轻地向可柔那边走过去，王其俊也不由自主地跟了过去。可柔的头仰靠在树干上，怀中紧紧地搂着小霏霏，两个人都正在熟睡着。在月光下，可柔的脸色显得很苍白，垂着的睫毛在眼睛下投下了一个弧形的阴影。她睡得十分香甜，微微张开的嘴唇像个婴儿。

刘彪站立片刻，默默地走开了。

他们的休息时间延长到四小时，一直到天空泛白，曙色微现，刘彪才下令开拔。

又是一天的开始。

行行重行行，太阳已逐渐发挥威力了，在烈日下，每个人的脚步都越走越滞重。刘彪的脸色显得很坏，他不时停下来打量四周的环境，又派人骑马出去联络。王其俊走过去问：

"有什么不对吗？"

"我们已经和正规部队失去联络了，情形不大妙。"刘彪紧锁着眉说。

果然，没一会儿，他们就获得情报，他们已陷入四面包围的情况，四方都有日军，他们被困在核心中。

"他妈的！打他一个硬仗算了！"刘彪站在那儿发脾气。

张排长走过去，在一张地图上画路线，另一个姓魏的排长也在一边贡献意见，在那张图上勾了半天，想找出敌军的漏洞。终于，他们决定翻越一个无人走过的山，料想敌方不会在这山上部署的。

队伍一刻不停地向前疾走，走的全是荒无人迹的地区，太阳晒得人发昏。中午时分，他们停在那座山脚下。山上无路可通，纠结的藤蔓和两人高的杂草遍处滋长着，野生的林木与野草纠缠在一起，仿佛是堵天然的绿色屏障。刘彪望了望前面的山，走到可柔面前，说：

"你能走路吗？脚怎么样？"

"我想可以走。"可柔说。

"那么，下马来，和你父亲跟在我的马后面，我骑马在前面开路！"

可柔下了马，刘彪跨上马去，招手叫张排长和魏排长也骑马在前面开路。王其俊和可柔紧跟在马后面，再后面就是士兵和辎重。刘彪一马当先，对杂草中冲去，马蹄所过之处，野草分别向两边倾倒。一条路在草的隙缝中露出。每每遇到与树枝纠缠的粗如儿臂的藤蔓，刘彪就必须停下来用军刀猛砍。后来他干脆一手持刀，一手握住马缰，向前面行进。野草中荆棘遍布，马冲过去之后，刘彪裸露的手和手臂上都留下一条条的血痕。这样，一来是草太深，二来又是上山的陡坡，三来烈日当空，行进的速度十分缓慢。这山原来并不高，可是，他们却足足走了三小时，才到达山顶。

在山顶上，他们在绿色植物的掩护下略事休息。所有的人都疲惫不堪，而且饥渴难当。一路上他们没有碰到水源，士兵们的水壶早已空了，许多人还不住地用空水壶向嘴里倒，希望能倒出意外的一滴水来。王其俊和可柔也渴极了，孩子也不住地啼哭。刘彪望了望可柔，解下自己的水壶来给她，里面居然是一满壶水。可柔喝了一口，怕浪费了这每一滴都太珍贵的甘泉，她小心翼翼地把自己口中的水，嘴对嘴地喂进孩子的嘴里。然后自己也喝了一口，王其俊也喝了一些，刘彪拿回水壶，咕嘟地咽了两大口，还剩了大半壶的水壶顺手递给一个在他身边的士兵，简单地说：

"一人一口，传下去！"

水壶迅速地在士兵手中轮传下去，当水壶再回到刘彪手里时，已经空无滴水了。

他们开始下山。下山的路比上山快了许多，虽然很多时候是连滚带跌地向下落，但毕竟来得比上山时快。没一会儿，他们到了一块凸出的山岩上，从这儿可以一直看到山下，一瞬间，大家都被山下的景色吸引住了，站在那儿，呆呆地凝望着前面。

大自然就是这样神奇，没想到一山之隔，竟然划分了迥然不同的两个境界。山下的地区大概已属广西的边界，一片广阔的平原无边无际地伸展着，青色的草地，一直绵延到远处的地平线上。而平原上却耸立着一座座石灰岩的山峰，每座山皆由整块光秃秃的嵯峨巨石构成。一眼看去，这平原上的点点孤峰真像孩子们在下跳棋时所布的棋子，那样错综而又疏密有致。在这些山峰之间，一条像锦带似的河流蜿蜒曲折地穿梭而过。落日把天空染红了，把山峰也染红了，连那河水也反射着霞光万道。那轮正迅速下沉的红日在孤峰中掩映吞吐，使整个景致如虚如幻，像华德·狄斯奈的卡通电影中的背景。

大家站在岩石上注视着，然后，突然间，有一个士兵欢呼了一声，就对着山下冲了过去，接着，更多的士兵对山下冲去，队伍混乱了，大家的目标都集中在那一条河上，有人高呼着："水哦！河哟！"于是，纷纷往山下跑。刘彪牵着马站着，王其俊以为他会大发雷霆，但是，却相反地看到他正面露微笑，望着他那些放纵的士兵，神情有些像个纵容孩子的父亲。刘彪开始下山，王其俊和可柔等跟在他后面，山的坡度比上山时陡峻，可柔走得十分吃力。下山时马也是无用的。他们跌跌撞撞地向下走，忽然间，可柔颠踬了一下，孩子的重负和脚上尖锐的痛楚使她站立不住，她跪了下去，接着就倒了下去，刘彪一把抓住了她系孩子的背带，使她不至于滚到山底下去。她坐在地下，惊魂甫定地喘着气，孩子又大哭了起来，她叹口气说：

"我不走了，我再也不能走了！"

"站起来，王小姐！"刘彪用一贯的命令口吻说。

"哦！"可柔把头扑在掌心里，"我真的不能走了，我宁愿死！"

"站起来！"刘彪的声音里已带着几分严厉，"好不容易，已快到安全地带了，你泄什么气？站起来，继续走！挨到山下就可以休息了。"

可柔无可奈何地又站了起来，沮丧而吃力地向前挨着步子。刘彪始终靠在她身边走，他粗黑的手臂支持着她，这一段下山路，与其说是可柔"走"下去的，不如说是被刘彪"提"下去的。

终于到了山下。士兵们已经放下了辎重和背包，都冲进了那条河流里，他们在河水中打滚，叫着、笑着，彼此用水泼洒着，高兴得像一群孩子。可柔在草地上坐下来，抱着孩子，寸步难移。王其俊弄了一盆水来给她和孩子洗洗手脸，她疲倦地笑笑，代替了谢意。刘彪走了过来，抛给她一盒油膏状的药，说：

"涂在脚上试试看。"

可柔脱下鞋子，她的脚溃烂得很厉害，有些地方已经化脓。刘彪蹲下身子，拿起她的脚来细看，她羞涩地挣扎着说：

"我自己来，别弄脏了你的手。"

"哼！"刘彪哼了一声说，"多难看的伤口我都见过了，还在乎你这点小伤！"说着，他出其不意地用一根竹签挑破了她脚上的几个脓包，可柔痛彻心扉，不禁尖叫了起来，一面叫，一面忍着眼泪说：

"你是什么医生嘛，痛死了！"

"忍耐点！"刘彪说，给她涂上药，一面说，"这算得了什么，关公一面刮骨，还一面下棋哩！"

"我又不是关公！"可柔噘着嘴说，咬住牙忍痛。刘彪给她上完药，又不知从哪儿弄来一块脏兮兮的布，给她包扎起来，可柔抽抽冷气说：

"我看，不包也算了！"

"哼！"刘彪又哼了一声，"嫌脏吗？这儿没医院！"

收拾清楚，刘彪站起身来，转头就走，可柔不安地喊：

"喂喂，刘连长！"

"怎么，"刘彪站住了，不耐烦地说，"你还有什么事？"

"没，没，没什么，"可柔吞吞吐吐地说，"只是，谢谢你，刘连长，十分谢谢你。"

"哼！"刘彪再度"哼"了一声，这是他不满意时的习惯，看也不看可柔，掉头就自顾自地走开了。可柔愣在那儿，当王其俊在她身边坐下时，她才对着刘彪的背影说："这是一个怪人，不是吗？"

他们在河边扎了营，按地图方位来说，他们已经安全了，最起码，他们已越过了敌人的火线。

吃过了晚餐，王其俊到河边去洗了脚，回到营地来，他听到可柔在和刘彪谈话。不想打扰他们，他在不远处的草地上席地而坐，看看天上的星光和野地里乱飞乱窜的萤火虫。那些发亮的小虫子在石峰边闪烁，好像把石峰穿了许多透光的小孔。

第二天，他们到了东安城的前站，名叫白牙士。

一整天，可柔都骑着刘彪的马，但她沉默得出奇。到了白牙士，她坐在马上，看起来苍白得奇怪。刘彪走过去扶她下马，他的手拉住她的手。突然，他愣了愣，板着脸严肃地说：

"什么时候开始的？"

"你说什么？"可柔不解地问。

"你！"刘彪皱拢了两道浓眉，"你在发烧！什么时候开始的？"

"今，今天早上，就，就不大好。"可柔怯怯地说，仿佛她犯了一件莫大的过失。

"怎么会？昨天晚上不是好好的吗？"

"大……大概因为……因为我昨天夜里到河里去洗了个澡，没想到水那么冷，我实在不能再不洗澡了。"

"好哦，"刘彪瞪大了眼睛，气呼呼地说，"你真爱干净，洗澡！半夜洗冷水澡！早知道你根本不想活，我救你个屁！你这个笨女人！一点脑筋都没有！活得好好的不耐烦，自己找死！"

可柔被这顿臭骂骂得开不了口，刘彪把她弄下马来，推进一家农家的门里，要那个农妇招呼她，自己大步地走了。王其俊摸摸可柔的头，果真烧得很厉害。他叫可柔进屋去躺着，把小霏霏抱了过来。没两分钟，刘彪又折了回来，手里握着几片阿司匹林药片，对可柔没好气地说：

"把药吃下去！你不死算你运气！这一带生了病就没办法，你找病找得真好，就会给我添麻烦。早知道，我就不管你的账！"

可柔病得头昏脑涨，听到刘彪这一阵恶言恶语，不禁心灰意冷，她喘着气，挣扎地说：

"刘连长，谢谢你帮我这么多忙，现在我既然生病，也不敢再麻烦你了，我想就留在这里，生死由之。请你帮我父亲的忙，送他到四川，我和小霏不走了。"

"好哦！"刘彪又大怒了起来，"把你丢在这里，说得真简单！我刘彪没管你的事就罢了，已经伸了手，要我再把你病分兮兮地扔在这里，你要我刘彪落得做个什么？他妈的全是废话！你给我吃下药，蒙起头来出一身汗，明天烧退也好，不退也好，照样上路！"

说完这几句气冲冲的话，他就"砰"的一声带上房门走掉了。王其俊坐到可柔的床边去，握住可柔的手。这么久患难与共，王其俊已经有一种感觉，好像可柔真是他的亲生女儿。他拍拍可柔的手背，安慰地说：

"可柔，别灰心，你多半只是有点伤风，吃了药，蒙头睡一觉就会好的。刘连长这个人心软口硬，别听他嘴里骂得凶，他实际上是太关心你了。"

"爹，"可柔含着泪说，"我连累你，又拖累了刘连长，没有你们，我根本不可能逃出来。孩子的爸爸，多半已经完了……"她忽然哭了起来："你不知道，孩子的爸爸是个书呆子，他只会念书，现在可能已被日本人捉住，杀了。我知道，我知道……"

"可柔，别胡思乱想了，他一定先逃出去了，等我们到了四川，登报一找就可以把他找到的。"

"不会的，我知道不会的，"可柔摇着她的头，摇得泪珠纷坠，"他不会像我一样好运气，碰到像刘彪这样热心的人，他一定已经落到日本人手里了。他那个脾气，到了日本人手里就是死！我知道，好几次我梦到他，他已经死了，死了……"

"可柔，你是太疲倦了，别再乱想。来，把药吃下去！"王其俊倒了杯开水，如同招呼自己的亲女儿一样，扶起可柔来吃药，可柔吃下了药，仰躺在床上，痴痴地望着王其俊说，"我在很小的时候就没有父亲了，你有过女儿吗？"

"是的，有两个女儿和一个儿子。"

"他们现在在哪儿？"

王其俊沉默地看看可柔，好半天，才摇摇头，惘然地说："他们都已经离开了我，一个死了，两个走了！"

"哦，爹！"可柔轻轻地叫，这声"爹"是从肺腑中发出来的，叫得那样亲切温柔，王其俊心为之酸。

"睡吧，可柔。"他说，"别记挂孩子，我会带她。你好好地睡一觉，明天一定会退烧。"

可是，第二天，可柔并没有退烧，非但没有退烧，而且烧得更厉害了。王其俊一看到她双颊如火，昏昏沉沉地躺着，就知道她病势不轻，看样子绝不是简单的感冒。刘彪走来看了看，就跺脚叹气说：

"要命！不管怎样，我们先到东安城再说。"

"刘连长，"王其俊沉吟地说，"可柔病得这样子，恐怕不便于再上路了，我想，你们先走吧，我和可柔留在这儿，等一两天再说……"

"等一两天！等一两天日本鬼子就来砍你们的头了！"刘彪暴跳如雷地说，"走！如果她不能骑马，我叫人做个担架抬着她走！"

这时，可柔倒醒过来了，她睁开一对水汪汪的眼睛，望着刘彪，挣扎着在枕上向刘彪点头，无力地说：

"刘连长，谢谢你的好心，谢谢你的救助，是我没有福气，走不到后方。我不会忘记你的大恩大德，你带你的军队走吧，还有王老先生，他不是我的父亲，他和你一样是我的恩人。你和王老先生一起走吧……"

"可柔！"王其俊责备地喊，"可柔！我绝不丢了你！这么久以来，你早已和我的女儿一样了！"

刘彪诧异地看看王其俊，又看看可柔。没有时间让他来弄清楚这父女间的内幕。他只低头凝视着可柔，用一种一反平日那种暴躁的口气，变得十分诚恳而迫切地说：

"你要拿出勇气来，知道吗？我怎么样都不会把你留在这儿的，你不用多说了，不管前面还有多少困难，我一定要把你送到四川。"

"刘连长，"可柔深深地望着刘彪，"只怕我会辜负你这番好意了。"

"勇敢一点！"刘彪说，"一点小病不会折倒你的！"

他们又上路了，可柔真的被两个士兵用担架抬着走，小霏由王其俊抱着。中午，他们到了东安城。

未到东安城之前，王其俊满心的幻想，以为东安是广西和湖南交界处的大城，又没有沦陷敌手，一定很繁荣，也很安全的，可以买到药品给可柔治病，也可以找到车辆到后方。谁知一进东安城，才知道完全不是那样。城内的居民早已撤光，现在全城都是撤退下来的军队，满街的地上都躺着呻吟不止的伤兵。城内的污秽、零乱，更是不堪想象，苍蝇围着伤兵们的伤口飞，那些缺乏医药和绷带的伤口，大部分都浓血一片地暴露在外，看起来令人作呕。空气里充满的全是血腥味和汗臭。

刘彪带着队伍一进城，就有许多军人来探问消息，刘彪也无法肯定答复。他们在城内略略休息了一会儿，忽然，有两个快马跑来的军人，一面进城，一面叫：

"敌人离此二十里！赶快撤退！"

一句话一嚷，东安城立刻紧张起来，军官们集合队伍，伤兵们呼救，响成一片。刘彪也立刻下令出城，可柔又被抬了起来。大家前挤后拥地出了东安城，走过护城河的桥，有人开始准备拆桥以阻止敌兵。于是，他们又是一阵快速度的撤退。

黄昏时，他们停了下来。

可柔的热度依然没有退，但她神志清明，看来精神还不坏。王其俊给她吃了一些稀饭。刘彪也走过来看她，她躺在担架上，望着小霏在草地上爬着玩，微笑地说：

"还是做这么大的孩子好，不知道忧虑，也不知道人生有多少的苦难。"

"小霏也够可怜了，这么点大每天吃干饭，亏她的消化力强！"王其俊说，"等到了四川，我这个做爷爷的第一件事就是要买罐奶粉给她吃。"

可柔伸过一只手来，握住了王其俊的手。王其俊一惊，可柔的手又干又热，看样子病势并未减轻。但她在微笑着，笑得很美很甜。

"爹，"她柔声说，"我代替小霏给你磕头，你就算她是你亲生的孙女儿吧，将来到了四川，找得到她父亲便罢，找不到她父亲，就让她算王家的嫡孙女儿，好吗？"

"当然好，平白得了这么一个孙女儿，我还有什么不好呢？"王其俊笑着说。

"那么，我代小霏谢谢爷爷。"可柔真的在担架上挣扎着，用头碰地，王其俊一把按住她说：

"你这是做什么，可柔？"

可柔微微一笑，又把另一只手伸给刘彪，笑着说：

"刘连长，你结过婚吗？有孩子吗？"

"没结婚，也没孩子。"刘彪说，突然地红了脸。

"你会升官，会有一个很漂亮的太太和一群很可爱的儿女。"可柔说，望着天边的彩霞，仿佛她在彩霞中找寻到刘彪未来的命运，"你有一颗最善良的心，老天会善待你，给你一个世界上最好的妻子。"

"和你一样好吗？"刘彪这句话是冲口而出的，显然并未经过考虑。说完之后，他那黝黑的脸就绯红了。可是，他的眼睛却带着一种少有的热烈，凝视着可柔的脸。

"比我更好。"可柔轻轻地说，把眼光从彩霞上调回来，深深地注视着刘彪。

他们默默地彼此凝视着，每个人眼睛中都带着那么多复杂的情绪。刘彪的眼色里逐渐升起一层惨痛，可柔依然带着笑，却笑得凄凉。王其俊看到小霏在草地上爬远了，他站起身来，追上了小霏，把她抱到一边，让她去看在蒲公英花丛中飞绕的一对小蛱蝶。他想，该给那两个人一点说话的时间，因为，他们是没有多久可以说话了。虽然，他也知道，他们根本不会说什么，人生有许多东西，是属于言语之外的。

把小霏揽在怀里，他傍着蒲公英的花丛坐着。那对小蛱蝶上下翻飞，在夕阳的余光里卖弄地扑着那粉白色的小小的翅膀。落日很快地沉进了地平线，天空由鲜艳绚丽的红色转成了暗紫，黑暗在悄悄地、慢慢地散布开来。王其俊注视着摇摆学步的小霏——他的孙女儿！多奇妙，在战乱和烽火中，他会突然冲动地从北国跑到遥远的南方来寻找失踪多年的儿子。儿子没有找到，却找到了一个孙女儿！隐隐中，这世界上是不是有一个超自然的力量，在暗中安排着人世的一切？

一个高大的人影投在地上。王其俊抬起头来，是刘彪。后者也在草地上坐下来，他的浓眉紧蹙着，眉下那对野性的眼睛闪烁着一种近乎凶狠的光，嘴角痛苦地扭曲着。

"如果能弄到几片消炎药！……"他愤愤地扯下了一把蒲公英，黄色的花瓣在他大手掌中片片下坠。

"消炎药恐怕也没用，你怎么知道她的病是什么？"

"肺炎。"刘彪简短地说，"我看多了，一定是肺炎。她不该去洗什么要命的澡！我们药品缺乏得太厉害，假如她能支持到桂林……"

"桂林？还要走几天？"王其俊萌出一线希望。

"三天到四天。"

王其俊默然不语，刘彪也不说话，他们都明白，她是不可能挨过这三四天的。

"或者，我们可以走一条捷径，"刘彪在思索着，"我知道一个山，名叫大风坳，如果翻过大风坳，就可以很快地到桂林，不过……"

"这山很高吗？"

"一点也不高，只是很险，当地土人有两句话来形容这座山，说是'上七下八横十里，豺狼虎豹勾魂蛴。'前一句是说山的高度和横绕一圈的里数，下一句是说山上有野生的猛兽，蛴是一种类似蚂蟥的虫子，据说会钻进人的皮肤，沿血而行，使人两天内送命。"

"你走过这山吗？"

"没有，当地的人都忌讳这山，没有人敢上去。"

"值得冒险吗？"

"可以缩短一天的行程。"

刘彪坚定地站了起来，立即整队，下令连夜开拔，并宣布要翻越大风坳。

王其俊傍着可柔的担架走，怀里抱着小霏，小霏的头倚在王其俊的肩膀上，已经睡着了。月光下，可柔的脸色很苍白，眼睛闭着，显然也已入睡。在她的面颊旁边，王其俊惊异地看到一朵黄色的小花，是一朵蒲公英，他记起了，这是小霏采去玩的，不知何时竟放在可柔的头边了。可柔苍白的脸配着这黄色的花，看起来庄严而美丽，并且，有一种宁静动人的和平气氛。

一行人在月色里默默地向前移动。

可柔依然静卧着。王其俊凝视着那张太平静的脸，不禁心中一动，不祥的感觉油然而生。他把手伸到她的鼻子前面，再摸摸她的面颊，低声地对抬担架的士兵说：

"放下吧！她不需要再前进了。"

担架放下了，队伍停顿了下来。刘彪骑着马从前面绕了过来，一看到地下的担架，他就明白了。他翻身下马，走到担架前面，低头注视着可柔那宁静安详的脸。慢慢地，他取下了帽子，他的黑眼睛在夜色中闪烁，大鼻孔在沉重的呼吸下翕动，脸上的肌肉因绷紧而扭曲。所有的士兵也都默默地摘下了帽子。夜，安静极了。

十分钟后，他们在路旁给可柔掘了一个坟墓。刘彪握着锄头，一语不发，只奋力地掘着那个坑，他掘得那么专心、那么用力，好像他这一生唯一的目的，就是要掘好这个坑。从看到可柔的尸体，到坟墓掘成，他始终没有说过一句话，他那黝黑的面庞上毫无表情。坑掘好之后，他们连担架把可柔垂到了坑底，没有任何仪式，没有人祈祷，没有人致哀，也没有人啼哭流泪。刘彪把泥土掀进坑里，掀在可柔那美好洁净的面庞上，泥土很快地盖过了她，坟墓迅速地被填平了。一条生命，在这战乱中，是那么渺小、那么微贱，像水面的一个小泡沫，一刹那间就无声无息地消失了。

刘彪回过头来，望着他的部下，他的神色看来十分疲倦，挥挥手说："不用翻越大风坳了，按照原定路线去桂林！准备，前进！"

一个士兵把刘彪的马拉了过来，恭敬地伺候刘彪上马，所有的士兵都在后面默默地拥着他前进。王其俊发现虽然刘彪脾气暴躁，对部下很严厉，但他的士兵们都了解他，而且崇拜他。刘彪跨在马上，略一迟疑，就一鞭马向前驰去，除了马行速度比平常快之外，他好像什么事都没有发生过。整个埋葬过程中，小霏始终没有从熟睡中醒来。

三天后，他们到了桂林。

桂林，这山水甲天下的城市也已充满了战火的气息。在这儿，刘彪和上级重新取得了联络。他奉命留守桂林。王其俊要继续往南方走，桂林已经可以搭乘难民火车，但是，火车上挤满了人，连车顶上都已无一隙之地。刘彪力气大，硬给王其俊和小霏挤到一个座位。

倚着车窗，刘彪和王其俊珍重握别。自从可柔死后，刘彪就一次也没提起过可柔，这时，王其俊忍不住了，几天以来，刘彪看上去憔悴而消瘦。

"忘掉她，"王其俊说，"你会碰到比她更好的女人。"

刘彪皱拢眉毛，摇了摇头，紧闭着嘴不说话。忽然，王其俊感到自己这几句话说得真愚蠢，她和他之间，好像曾发生过什么，又好像什么都没有发生。但是，王其俊明白，许多时候，在一个人的生命中，有些短暂的印象却永不磨灭，有些刹那就等于永恒。

车子蠕动了，王其俊拼命和刘彪挥手。刘彪挺立在月台上，像一座铁塔。车子开远了，刘彪直立的影子在王其俊的泪眼中变得模糊，那个萍水相逢的青年军官，没有任何目的和原因，却保护他到了安全地带。刘彪，一个小小的连长，在这大战争中，渺小得像一粒沙尘。可是，王其俊却在越驰越远的视野中，看到刘彪站在月台上的身影，逐渐变得无比无比地高大。模模糊糊地，他想起一首歌：

> 一粒沙里看出世界，
> 一朵野花里见天国，
> 在你掌里盛住无限，
> 一刹那间便是永恒！

两星期后，王其俊看到了报纸，才知道桂林终于失守了。他再也没有得到过刘彪的消息。胜利后，王其俊带着小霏回到他的老家北平。

第六个梦完了。

尾声

在宁静的夜色里，老人结束了他的六个梦。

窗外，有月亮，有星星，有虫鸣，有云，有烟，有梦。

少女仰起头来，凝视着老人说：

"爷爷，小霏如何了？"

"跟着王其俊，过着最愉快的生活。"老人微笑着说，深深地凝视着少女那张姣好的脸。

少女沉思片刻。

"爷爷，这些梦都是真的吗？这些人物都是你那照相本里有的吗？他们是不是互有关联？爷爷，王其俊是否就是第二个梦里的柳静言？"

"你问得太多了，小纹，"老人的嘴边掠过一个飘忽的苦笑，"记住，小纹，人生并不见得像我们想象的那样美好，你所能把握的只有'现在'，握牢它吧，小纹。但愿你所有的，都是幸福和欢乐！"

"爷爷，这些故事里有你吗？有我吗？"

"唔……"老人看着窗外，"哦，看！小纹，窗外的月亮真好，梦都已经讲完了，来，我们来赏月吧！"

月亮真的很好，一圈月华正绕着月亮散布开来。

（全书完）

（京权）图字：01-2025-0195

图书在版编目（CIP）数据

六个梦 / 琼瑶著 . -- 北京：作家出版社，2025.1.
（琼瑶作品大全集）. -- ISBN 978-7-5212-3236-3

Ⅰ. I247

中国国家版本馆 CIP 数据核字第 20248P0U85 号

六个梦（琼瑶作品大全集）

作　　者：琼　瑶
责任编辑：王　昉
装帧设计：棱角视觉　纸方程·于文妍
责任印制：李大庆　金志宏
出版发行：作家出版社有限公司
社　　址：北京农展馆南里 10 号　　　邮　　编：100125
电话传真：86-10-65067186（发行中心）
　　　　　86-10-65004079（总编室）
E-mail: zuojia@zuojia.net.cn
http://www.zuojiachubanshe.com
印　　刷：中煤（北京）印务有限公司
成品尺寸：142×210
字　　数：156 千
印　　张：7.875
版　　次：2025 年 1 月第 1 版
印　　次：2025 年 1 月第 1 次印刷
ISBN 978-7-5212-3236-3
定　　价：2754.00 元（全 71 册）

品　琼　瑶　经　典

忆　匆　匆　那　年